Sisters in Crime

Donauleichen
Kriminalgeschichten entlang des Flusses

Sisters in Crime

Donauleichen

Kriminalgeschichten entlang des Flusses

SüdOst Verlag

Die Deutsche Bibliothek - CIP-Einheitsaufnahme
Sisters in Crime :
Donauleichen – Kriminalgeschichten entlang des Flusses
Waldkirchen: Südost Verl., 2003
ISBN 3-89682-100-8

Handlungen und Personen der Geschichten in diesem Band sind frei erfunden. Ähnlichkeiten mit lebenden oder toten Personen sind rein zufällig.

ISBN 3-89682-100-8

www.suedost-verlag.de

Inhalt

MONIKA BUTTLER

Der letzte Tanz

Erster Tag

Für die reiferen Touristinnen, die das Schiff gewöhnlich auslasteten, war es *die* Sensation: Zum ersten Mal sollte auf der „Donaukönigin“ ein Gesellschaftstänzer mit an Bord sein. Was, ein Eintänzer? Ein Gigolo? Die Damen kicherten, als wären sie damals in Berlin, im Hotel „Adlon“ oder „Eden“, persönlich dabeigewesen. Aber diese leicht anrüchigen Ausdrücke standen natürlich nicht im Katalog.

Getreulich hatten die weiblichen Spätsemester nach jeder Flusskreuzfahrt die Gästebögen ausgefüllt: „Ja, ein wahres Traumschiff ... das Essen: erstklassig ... die Suiten: hochelegant. Aber warum kann man hier nicht tanzen?“ Gewiss, die Schiffe waren schnittig, aber wo blieben die schnittigen Männer?

Und nun hatte der Reeder ihren Wunsch erhört. Premiere auf der „Donaukönigin“, von Passau nach Budapest und zurück nach Passau in sieben Tagen.

Die Fahrt begann mit dem Abenddinner. Ältliche Ehepaare und die Übermacht der Solo-Damen saßen bei Forellenfilet mit Honigbutter und einem fruchtigen „Wachauer Hieronymus“ in dem zartblauen Salon und bemerkten kaum, wie die Stadt Passau langsam zurückblieb.

Oben die drei Türme der barocken Domkirche, weiter unten die Severinskirche ...

„Jetzt haben wir uns gar nichts angesehen", maulte ein junges Mädchen ihre Schwester an. Karen und Silke, die in dieser Gruftie-Umgebung wie Exotinnen wirkten, waren mit der Reise für ihre Eltern eingesprungen.

„Mensch, das lernen wir einfach auswendig", beruhigte Silke und blickte auf das Faltblatt. „Passau, Perle an der Donau. Bischofssitz, Barockdom St. Stephan mit der größten Domorgel der Welt, Drei Flüsse Eck ... ist doch gar nicht so schwer."

Die Tanzparty unter dem Motto „Night Fever" sollte um 22 Uhr beginnen, dann würde die Damenwelt den „Gesellschaftstänzer" bzw. „gentleman host" begutachten können, der sie präzise bis Mitternacht betanzen würde.

Einige Jung-Seniorinnen sowie ein paar pflegenahe Jahrgänge hatten sich bereits die Tische an der Tanzfläche gesichert. Endlich war es soweit. Ein Tusch des Salonorchesters. „Doktor Florian Weiß!", rief der Kapitän.

Wenn Damen pfeifen würden, dann hätten sie jetzt sicher anerkennend gepfiffen. Der Angesagte, zirka Ende sechzig, kam federnd nach vorn, groß, athletisch, mit dichtem Gletscherhaar und nomen est omen vom Kragen bis zu den Schuhen in blendendem Weiß. Nur die Krawatte war schwarz. Er deutete eine Verbeugung an und ließ sich ohne Verlegenheit als Teil des Reiseangebots vorstellen.

Herr Doktor Weiß, erklärte der Kapitän, sei alleinstehend, und der Vertrag beinhalte, dass er es auch bleibe. „Spätere Heirat ist also ausgeschlossen. Und von gegenseitigen Kabinenbesuchen“, der Kapitän hob scherzhaft drohend den Finger, „bitte ich unbedingt abzusehen.“

Eine schlanke Brünette mit markanter Nase wandte sich flüsternd an ihre Tischnachbarin, eine stark geschminkte Matrone mit eigelben Haaren.

„Ist der nicht toll? Ein richtiger Peter van Eyck-Typ!“

„Kenn' ich nicht“, sagte die Angesprochene, obwohl sie genauso viele Jahre wie die andere, nämlich sichtbare 65 auf dem Stiernacken hatte.

Zu diesem Zeitpunkt konnte noch niemand ahnen, dass eine von ihnen als Leiche das schöne Schiff verlassen würde.

„... Herr Doktor Weiß, meine verehrten Damen, ist also ausschließlich für Ihre Lebensfreude und für Ihr Tanzvergnügen da“, schloss der Kapitän. Wie aufs Stichwort legte die Kapelle mit „Hello Dolly“ los.

Einige der in Langeweile ergrauten Ehefrauen knufften ihre Männer so vehement in die Seite, dass sie widerspruchslos zur Tanzfläche folgten. Silke führte ihre Schwester. Wer aus Not oder freiem Willen sitzengeblieben war, richtete seine Blicke auf Doktor Weiß, der als erste Dame die korpulente Gelbhaarige übers Parkett zog. Schon beim dritten und vertraglich vorerst letzten Tanz bot Barbara Müller-Lembeck, einst eine bekannte Schauspielerin, dem promovierten Philologen die Anrede „Babsi“ an. Dann ließ sie sich schweißnass auf ihren Stuhl fallen und nahm sich eine Pille aus ihrem Döschen.

Die herbe Brünette, die aus München kam und Annette Moosgruber hieß, war da besser in Kondition. Als Doktor Weiß sie wie einen Kreisel um ihre eigene Achse rotieren ließ, konnte sie bereits das erste Kompliment einheimsen.

„Ja, ich war Aerobic-Lehrerin", erklärte sie beglückt. Beim dritten Tanz bat sie den Berufsbegleiter, sie doch einfach „Netty" zu nennen.

Während sich die Müller-Lembeck abtrocknete, ließ sie das Paar keine Sekunde aus den Augen. Diese Schnepfe mit der großen Nase rechnete sich doch tatsächlich Chancen bei *ihm* aus! Wie sie ihren Mund an seinen Hals presste, widerlich ...

Seine gekonnte tänzerische Pflichterfüllung hinderte Doktor Weiß allerdings nicht daran, immer wieder zu einer Dame in der zweiten Reihe zu schauen. Eine schöne Frau, dachte er, so Ende fünfzig vielleicht. Blond, schlank, in einem schwarzen Kostüm mit Spitzentop, strahlte sie eine natürliche Lässigkeit aus. Der Teint war zart und faltenfrei, nur die Wangen hingen schon etwas herab. Irritiert fragte er sich, warum sie nie seinen Blick aufnahm. In ihren eisblauen Augen lag eine leise Melancholie, vermischt mit einer ruhigen Selbstsicherheit.

Zum Glück hatte er all diese grell getünchten Wesen jetzt ausreichend betanzt. Er schaute wieder zu ihr hinüber, dann ging er entschlossen auf sie zu.

Sie erhob sich lächelnd, wie selbstverständlich. Schweigend vereinten sich ihre Rhythmen im „English waltz“, als hätten sie ihn schon immer getanzt. Als die Musik endete, tauchte Doktor Weiß wie aus einem Traum auf. „Ich heiße Rena Cordes“, hörte er sie sagen.

Zweiter Tag

Alle hingen an der Reling, als im strahlenden Septemberlicht das Städtchen Dürnstein vor ihnen lag.

„Wieder eine Perle“, schrie Silke ihrer Schwester zu und las vor: „Dürnstein, Perle der Wachau. Das barocke Stift am Donau-Ufer ist das Wahrzeichen der Stadt.“

Tatsächlich leuchtete ihnen der hellblaue Stiftsturm aus nächster Nähe entgegen.

Alle stürmten, soweit sie es konnten, an Land und ließen sich unverzüglich auf den Holzbänken im Innenhof nieder.

Babsi Müller-Lembeck hatte sich bei Doktor Weiß eingehängt. Nein, hier sei leider kein Platz mehr frei, beschied sie Annette Moosgruber. Die schäumte. Na, diesem fetten Fossil würde sie es noch zeigen! Von der würde sie sich nichts kaputtmachen lassen, wo sie und Flori doch so vieles gemeinsam hatten. Beide aus München, mit der großen Liebe zum Tanzsport. Genügend Geld hatte sie auch auf der Kante. Noch fünf Tage Zeit fürs Happyend.

Jetzt blieb ihr nichts anderes übrig, als sich erstmal dem Heurigen zu ergeben. Als Barbara Müller-Lembeck wieder an Bord war und beschwingt die frische Brise einatmete, stand plötzlich Doktor Udo Hofmann, der Schiffsarzt, vor ihr.

„Ich habe dich schon gestern erspäht“, sagte er mit schiefem Grinsen.

„Ach! Bist du als Tourist hier?“

„Aber nein. Ich bin Schiffsarzt auf der ‚Donaukönigin‘.“

Schiffsarzt ... Sich mit den Wehwehchen dieser betagten Klientel beschäftigen? Er war also noch weiter unten gelandet, dachte sie.

Die Katastrophe vor sieben Jahren hatten sie ja noch gemeinsam durchgestanden. Sie hatte geschwiegen, und er hatte seinen Posten als Klinikarzt behalten können. War er jetzt zum zweiten Mal kriminell geworden?

„Du siehst gut aus“, sagte er und blickte auf ihre Tränensäcke.

„Du auch“, erwiderte sie und sah auf seinen Putenhals.

Damals waren sie fast ein Paar gewesen. Vielleicht ließ sich da etwas wiederbeleben? Geschieden war er also noch immer, wenn auch nicht wie sie nach vierter Ehe. Vielleicht sollte sie es aufgeben, diesem Doktor Weiß nachzujagen. Ein Doktor ist schließlich so gut wie der andere ... Noch besser wäre es allerdings, ihn als Eifersuchtsstifter einzusetzen.

Diesmal stand die Tanzparty unter dem Motto „Black bottom“. Annette Moosgruber zeigte Doktor Weiß, wie gut sie Charleston konnte und sah mit erhobenem Kinn zu der Müller-Lembeck hinüber, die sich halben Blickes mit dem Schiffsarzt abmühte. Während die Kapelle zur Slow Phase überging, ergriff Netty ihren

Begleiter am Handgelenk und zwang ihn in einen Engtanz. Babsi drängte sich an Udo, konnte aber bei Doktor Weiß keine Reaktion feststellen.

Die nächsten Slow-Tänze gehörten der Ex Diva. „Ich küsse Ihre Hand, Madame“, spielte die Kapelle, und Doktor Weiß beugte sich galant über ihre Hand. „Schöner Gigolo, armer Gigolo ...“ Babsis Blick wurde tiefer. Am Tisch spülte Annette Moosgruber ihre Wut mit Sekt hinunter. „... man zahlt, und du musst tanzen“, beendete sie triumphierend den alten Schlager.

Arm in Arm mit Rena Cordes drehte sich Doktor Weiß jetzt nach dem „Donauwalzer“. Beide schienen mehr zu schweigen als zu reden.

Augen wie Eis, dachte Netty Moosgruber. Die ist bestimmt keine Konkurrenz. Babsi Müller-Lembeck blickte in die gleiche Richtung. Eine Vornehmtuerin, dachte sie. Die ist bestimmt keine Konkurrenz.

Dritter Tag

Schon seit gestern ankerte die „Donaukönigin“ vor Wien.

Silke steckte einen Packen Prospekte in die Tasche und sagte zu ihrer Schwester: „Über Wien brauche ich dir ja wohl nichts vorzulesen. Also, zischen wir ab.“

„Ohne Plan?“, fragte Karen.

„Klar, wir laufen erstmal mit der Horde mit. Und dann schau’n wir, was wir mitmachen: Stephansdom, Spanische Hofreitschule, Prater mit Riesenrad, Hundertwasser-Haus, Burgtheater, Fahrt mit dem Fiaker ...“

„Hör’ auf, mir wird jetzt schon ganz schlecht!“

Die meisten der achtzig Passagiere ließen sich die Attraktion Wien nicht entgehen. Ein erstaunlich großer Teil blieb aber auch an Bord, um bei dem warmen Spätsommerwetter ein Sonnenbad an Deck zu nehmen.

Barbara Müller-Lembeck döste im Liegestuhl, als sie in der Reihe hinter sich ruckende Geräusche hörte. Dann die ihr wohlbekannte bezwingende Männerstimme im flüsternden Dialog mit einer weiblichen. Doktor Weiß und die Blondine mit den Eisaugen! Hinter der Festung ihres riesigen Sonnenhutes und der dunklen Brille rutschte Babsi tiefer in den Liegestuhl. Zwar trug der Wind immer wieder Worte davon, doch was sie hörte, war alarmierend genug: Rena hieß die Dame, verwitwet („vor drei Jahren") und Lektorin („Bücher haben mir über vieles hinweggeholfen"). „Er": geschieden („auch eine Scheidung ist ein kleiner Tod") und ein „Leben für die Literatur". Was sie sah, traf sie noch härter: Hände, die sich sanft berührten und dann fest umschlossen. Ein zärtlicher Bund. Ein Lebensbund?

Babsi fühlte ihr Herz wie rasend schlagen, unter ihren Lidern sickerten Tränen hervor. Sie floh in ihre Kabine, wo sie sich zwei Pillen aus dem Döschen nahm.

Stunden später hatte sie sich so weit gefasst, dass sie sich farblich retuschiert an die Bar setzen konnte. Eine „Bloody Mary" würde ihr jetzt guttun!

„Nehme ich auch", sagte plötzlich jemand neben ihr. „Ja, so trifft man sich wieder", grinste ihr alter Freund sie an.

Doktor Udo Hofmann, Schiffsarzt, dachte sie. War ein Spatz in der Hand nicht auch etwas?

„Das müssen wir begießen“, sagte sie munter und zog ihn in die Lounge hinüber.

„Und wie lebst du so in Berlin?“, fragte er.

„Ganz wunderbar“, strahlte sie. „Hab' eine Villa im Grunewald, ein Audi Cabrio und ziemlich viel im Depot. Na, du weißt ja, dass ich damals sehr hohe Gagen hatte ...“ Sie zwinkerte ihm zu, wie im Scherz: „Das würde auch für zwei reichen.“

„Ah, ja?“

„Na, du willst doch bestimmt nicht ewig Schiffsarzt bleiben, bist doch schon im Rentenalter!“

„Kommt Zeit, kommt Rat“, sagte er.

Das Gespräch plänkelte so hin und her. Sie musste jetzt wohl deutlicher werden.

„Also, lass uns zusammenziehen“, drängte sie. Als sie seine abweisende Miene sah, fügte sie hinzu: „Du weißt, dass du mir was schuldig bist. Das nicht zu knapp. Ohne mich hättest du jahrelang im Gefängnis gesessen, statt in den schönsten Gegenden herumzugondeln.“

„Und wenn ich nicht will?“

„Ich kann dich zwingen. Das weißt du.“

Er stand auf und warf einen Schein auf den Tresen. Sie konnte nicht mehr sehen, dass sein Gesicht nur noch Hass spiegelte.

Der Tanzabend, diesmal unter dem Motto „Wunderbares Wien“, zog auch die gebrechlichsten Passagiere aufs Parkett, und Doktor Weiß hatte alle Hände und

Füße voll zu tun, die Wünsche der Damen zu erfüllen. Dabei hätte er am liebsten, in einem nie endenden Walzer, nur noch mit Rena Cordes getanzt. Die lächelte ihm aus der zweiten Tischreihe verständnisinnig zu, als sich jetzt Barbara Müller-Lembeck in ihrer ganzen Korpulenz an ihn drängte und ihm hypnotisierend in die Augen sah. „Wien, Wien, nur du allein ...“

Annette Moosgrober beobachtete jede Bewegung ihrer Konkurrentin. Was war das jetzt für ein verliebtes Getuschel Kopf an Kopf? Und nun überreichte ihm die Müller-Lembeck doch tatsächlich ein rosa Visitenkärtchen. Dabei hatte sie, Netty, sich längst mit Flori in München verabredet. Noch heute abend würde sie diese lästige Dame in ihrer Kabine aufsuchen und zur Rede stellen. Notfalls mit Gewalt.

Immerhin, der letzte Tanz war für sie. „Sag' beim Abschied leise ‚Servus' ...“ Während sie sich an Doktor Weiß schmiegte, sah Annette Moosgruber, wie Barbara Müller-Lembeck, erregt debattierend, mit dem Schiffsarzt den Salon verließ.

Vierter Tag

Morgens eine Durchsage des Kapitäns: „Wegen Niedrigwasser können wir leider nicht bis Budapest, sondern nur bis Bratislava fahren. Für Budapest bieten wir Ihnen stattdessen einen Busausflug an.“

Diese Ansage konnte Barbara Müller-Lembeck allerdings nicht mehr hören, da sie bereits tot war.

Silke und Karen eilten im Pulk zu den Budapest Bussen, um sich in Kürze Fischer Bastei, Geliert Bad,

Zigeunerweisen und die Puszta reinzuziehen, während der kleinere Teil der Passagiere sonnenbadend Bratislava entgegenschippern wollte.

Doktor Weiß und Rena standen Arm in Arm an der Reling, sprachen über ihre gemeinsame Zukunft und genossen bewundernd die Auen-Landschaft, durch die breit und gemächlich die nicht sehr blaue Donau floss. Nun wurden die Ufer bergig, und rechts blickte hoch oben die Festung Hainburg auf sie hinab. Dann kam auf einer ausgedehnten bewaldeten Höhe Bratislava in Sicht.

Während sich die Reisegruppe die Burg, das Nationaltheater und die Altstadt ansah, hing an der Kabine von Barbara Müller-Lembeck noch immer das Schild „Bitte nicht stören."

Erst am Nachmittag wurde die Tote gefunden. Von der Kabinenstewardess. Als der Kapitän die Kabine betrat, lag Barbara Müller-Lembeck wie schlafend halb entkleidet auf dem Bett.

Der Kapitän rief sofort den Schiffsarzt, der nach kurzer Inspektion der Leblosen die Todesbescheinigung ausstellte und als Todesursache „Herzversagen" angab.

Das ging dem Kapitän nun etwas zu schnell.

„Moment!", sagte er und blickte auf ein randvolles Körbchen mit Pillen in allen Regenbogenfarben, auf Döschen und Tablettenröhrchen. „Vielleicht war es ja Selbstmord. Ich denke, ich sollte da noch jemanden hinzuziehen."

„Aber das bringt uns doch nur Scherereien." Doktor Hofmann presste die Lippen zusammen. „Es genügt, wenn wir den Bestatter rufen und die Angehörigen verständigen."

„Das überlassen Sie bitte mir", sagte der Kapitän in ungewohnter Schärfe und drängte den Arzt aus der Kabine.

Ausgerechnet in Bratislava, dachte der Kapitän. Nein, bloß das nicht. Er ließ per Handy die Reisegruppe einsammeln und beschloss, die unangenehme Fracht mitsamt den Passagieren sofort nach Wien zurückzubringen.

Was war los? Warum fuhr man früher zurück? An Bord breitete sich Unruhe aus. Aber erst nach dem Abenddinner, nachdem alle Passagiere wieder da waren, gab der Kapitän die unerfreuliche Nachricht bekannt:

„Meine Damen und Herren, ich muss Ihnen leider mitteilen, dass unsere schöne Reise von einem traurigen Ereignis überschattet wird. Unsere Passagierin Frau Barbara Müller-Lembeck wurde heute tot in ihrer Kabine aufgefunden. Näheres zu dem Todesfall kann ich Ihnen noch nicht sagen."

Es entstand ein Geraune, in das sich bestürzte Ausrufe mischten, dann stand man unwillig auf, um sich in der kühlen Abendluft mit diversen Vermutungen abzureagieren.

Der Kapitän wollte gerade den Bestatter ordern, als ihm eine Besucherin gemeldet wurde. Annette Moosgruber setzte sich ungefragt hin und beugte sich so weit vor, dass er in ihr Dekollete blicken musste.

„Ich meine, sie war mir nicht grad' sympathisch",

flüsterte sie. „Aber ich habe gestern abend etwas gehört ...“

„Ja.“

„Also, der Schiffsarzt war bei ihr. Und sie haben furchtbar gestritten. Sie sagte immer wieder ‚Dann geh’ ich eben zur Polizei‘, und er drohte, er würde sie umbringen.“

„Danke, Frau Moosgruber, das haben Sie sehr gut gemacht.“

Der Kapitän schob sie zur Tür.

Die Tanzparty, die diesmal „Wind und Wellen“ heißen sollte, fiel natürlich aus. Doktor Weiß war froh über die unverhoffte Arbeitspause und blickte mit Rena Cordes übers Wasser.

Plötzlich eilten alle zur Gangway. Zwei Bestatter näherten sich dem Schiff mit einem samtumkleideten Sarg, gefolgt von der Polizei in der üblichen Mordbesetzung von Kommissar, Assistent, Arzt und Spurensicherung.

„Die arme Frau“, hörte man Ausrufe. „Ermordet! Ja, wer tut denn sowas?“

„Vielleicht erwürgt?“, schlug jemand vor.

„Vielleicht kommt sie auf den Wiener Zentralfriedhof, da liegt auch der Curd Jürgens.“

Der Kommissar stöhnte innerlich. Musste er jetzt etwa achtzig Personen vernehmen?

Na, er würde erstmal dem Hinweis folgen und sich den Schiffsarzt vorknöpfen.

„Sie waren also gestern Abend bei der Frau Müller-Lembeck und haben sich heftig mit ihr g’stritten.“

„Sie hat Sie erpresst“, setzte der Assistent lauter nach.

„Ja, ja, ja“, schrie Udo Hofmann, „aber ich bin doch kein Mörder!“

Gepeinigt von diesem ungeheuren Verdacht, schien es ihm wie eine Befreiung, die Last seiner Vergangenheit endlich abzuwerfen: „Vor sieben Jahren habe ich einen Unfall gebaut. Dabei ist ein Kind zu Tode gekommen. Ich habe Fahrerflucht begangen, was ich Babsi, ich meine Frau Müller-Lembeck, damals leider gebeichtet habe. Hier auf dem Schiff trafen wir uns wieder. Sie wollte mich unbedingt heiraten und hat mich damit erpresst.“

Während ihn der Kommissar mit einem Wink entließ, stürzte plötzlich ein Spurensicherer herein: „Hier zwei Glaserln, beid’ mit ein Lippenstift!“

Der Kommissar ließ diese und einiges andere einsacken und verließ mit seinem Team das Schiff. Auch die Leiche ging von Bord, um in der Gerichtsmedizin Station zu machen.

Fünfter Tag

Während die eine Hälfte der Passagiere vernommen wurde, ging die andere in Wien auf Schlösser-Tour. „Schloss Schönbrunn“, las Silke ihrer Schwester vor, „die ehemalige Sommerresidenz der Habsburger.“

„Ach, lass doch, wir werden es dann ja sehen“, antwortete Karen müde. Der tödliche Zwischenfall war ihr offenbar aufs Gemüt geschlagen.

Dass ihnen die Schlösser vorerst entgangen waren,

schienen die auf dem Schiff Verbliebenen keinesfalls zu bedauern. Bei den Unschuldigen unter ihnen herrschte jedenfalls erwartungsfrohe Laune, als der Kommissar sie nun zur Befragung in die Kapitänskajüte bat. Nur Annette Moosgruber war nervös. Noch bevor sie das Lippenrouge am Glas überführen konnte, gab sie zu, in Frau Müller-Lembecks Kabine gewesen zu sein. „Ich bin doch keine Mörderin!"

Geradezu peinlich wurde es für Doktor Weiß und Rena Cordes. Nicht nur vor dem Kommissar, sondern auch vor dem Kapitän mussten sie eingestehen, dass sie diese schicksalsschwere Nacht zum ersten Mal gemeinsam in Renas Kabine verbracht hatten.

„Ein angenehmes Alibi", sagte der Kommissar.

„Vertragsbruch!", schrie der Kapitän.

Nachdem das abendliche Sechs-Gänge-Menü mit Bayerischem Apfelstrudel und Kaffee ausgeklungen war, rief der Kommissar die Passagiere im „Kaisersalon" zusammen. Wer nun aber eine Täterüberführung à la Agatha Christie erwartet hatte, wurde enttäuscht.

„Also, bittschön, ein Mord war's nicht", teilte der Kommissar mit. „Das heißt, ein indirekter Mord war's schon. Mit zwei Personen unter Ihnen hat die Verstorbene nämlich einen furchtbaren Streit g'habt."

Der Schiffsarzt und Annette Moosgruber verkrampften die Hände und blickten zu Boden.

„Sie war ja schwer herzkrank, und das muss sie g'waltig aufgeregt haben."

„Gott sei Dank, ein Mörder ist also nicht unter uns", bemerkte jemand erleichtert.

„Aber tot ist tot“, stellte ein anderer fest.

„Diese Aufregung“, fuhr der Kommissar fort, „wär’ natürlich noch nicht tödlich g’wesen, wenn nicht etwas anderes dazugekommen wär’...“

Er trank einen Schluck Wasser und stellte das Glas langsam ab, als wolle er Zeit gewinnen. „Ja, wie soll ich Ihnen das jetzt ...“

„Wir hören!“, rief jemand sehr laut.

„Wir haben ein Tagebuch bei der Toten g’funden“, setzte der Kommissar neu an. „Daraus geht hervor, dass sie sich an dem fraglichen Abend zu einem intimen Rendezvous mit einem Steward verabredet hat. Auch der Name des Mannes stand drin, aber das tut jetzt nichts zur Sache.“

Der Kapitän war längst informiert, schüttelte aber erneut fassungslos den Kopf.

„Und bei diesem Geschlechtsakt, äh, Schäferstündchen, ist sie halt g’storbn. Unter seinen Händen ist sie ihm wegg’storbn, sagt der Mann. Also Herzversagen. Ich wünsch’ Ihnen noch eine schöne Reise! Servus!“

Jetzt hörte man hier und dort ein anerkennendes „Ei jei jei“, während andere schaudernd ein „Igitt“ vernehmen ließen.

„Ein einsames gebrochenes Herz“, sagte eine weibliche Stimme mitfühlend.

„Herzversagen, hab’ ich doch gleich gesagt“, kommentierte Doktor Udo Hofmann befriedigt.

„In dem Alter sollte man eben keine Männergeschichten mehr haben“, sagte Netty Moosgruber und lächelte den Schiffsarzt kokett an.

Damit war die tanzabstinente Zeit vorbei, und alle

Damen, außer Barbara Müller-Lembeck, konnten sich wieder auf Doktor Weiß freuen. Als Entschädigung, dass die „Donaukönigin“ vor Budapest nicht hatte ankern können, wurden „Pusztaklänge“ offeriert, und bald flogen die ersten feurigen Blicke hin und her.

Sechster Tag

Die „Donaukönigin“ machte vor Melk fest. „Barockes Benediktinerstift ...“, zitierte Silke.

„Ja, da oben“, schrie Karen. „Toll!“

Nachdem die Passagiere den ockergelben Prachtbau mit seiner berühmten Bibliothek besichtigt hatten, war wieder Faulenzen an Deck angesagt.

Nächste Station war das Donauschiffer-Städtchen Grein. Silke wollte wieder vorlesen, aber ihre Schwester hatte sie schon mit an Land gezogen. Sie sahen sich Schloss Greinburg und die Sperrsitze im ältesten Theater Österreichs an, um sich dann bei Melange und Zwetschkenfleck in einem Café niederzulassen.

Zum abendlichen Abschiedsessen bei Wiener Tafelspitz und einem Grünen Veltliner wurde dann die größte Überraschung dieser Flusskreuzfahrt serviert.

Der Kapitän, der zum „Captain’s Dinner“ nicht nur wie üblich Doktor Weiß, sondern auch dessen neue Begleiterin geladen hatte, klopfte ans Glas.

„Meine sehr verehrten Gäste, ich habe Ihnen eine gute und eine schlechte Nachricht mitzuteilen. Die schlechte zuerst: Unser „gentleman host“ Doktor Weiß wird in Zukunft der tanzfreudigen Damenwelt nicht mehr zur Verfügung stehen!“

Ein enttäuschtes „Oh“ klang auf.

„Und nun die gute: Doktor Weiß hat sich mit Frau Rena Cordes, dieser entzückenden Dame an seiner Seite, verlobt. Beide haben sich hier auf unserer ‚Donaukönigin‘ kennengelernt.“

Augenscheinlich hatte der Kapitän dem Vertragsbrüchigen verziehen. Alle klatschten begeistert.

Ein letztes Mal spielte die Kapelle auf, und unter dem Motto „Nostalgie“ gab der Gesellschaftstänzer noch einmal sein Bestes.

Siebter Tag

Ankunft in Passau. Belebt von der Teilnahme an einem tragischen Tod, gingen die Passagiere von Bord. Weniger gut fühlte sich Doktor Udo Hofmann, als ihn an der Gangway die Polizei erwartete. Fahrlässige Tötung und Fahrerflucht waren auch nach sieben Jahren noch nicht verjährt.

RUTH MÖBIUS-HANSSEN

Der Tod des Revisors

Morgennebel lag über der Donau, die träge dahin döste. Anton Gerster, knapp dreißig Jahre, mit rötlich blonden Haaren, Schiffsführer und Eigner des Frachtkahns „Annerose“, stand im Führerhaus und gab acht, sein Schiff in der Rinne zu halten. Heute Morgen saß der Nebel besonders fest in der Wachau. Zwängte die Sonne sich auch, einem Riesenscheinwerfer gleich, durch die Schwaden, schaffte sie es gerade, die Berge und Orte des westlichen Flussufers zu erhellen.

Der barocke Kirchturm von Dürnstein wirkte in seinem blauen Anstrich und den goldenen Eckfiguren wie ein riesiger Keramikofen aus den Schlössern der Donaumonarchie. Seine Ziffern zeigten zehn Uhr an.

„Hey Anton, halt mal an. Da schwimmt ein Gegenstand im Wasser und schlägt an unser Schiff.“ Rudi, der Helfer, hatte gerade den Eimer über Bord der „Annerose“ geworfen und wollte ihn gefüllt an der Leine hochziehen.

Anton Gerster drosselte den Motor. Der Gegenstand schlug jetzt mittschiffs an. Eine Welle spülte ihn hoch, drehte ihn, und die Männer erstarrten: Der Gegenstand war eine männliche Leiche. Das nasse Hemd klebte an dem Körper, und durch die helle Hose schimmerte ein dunkler Slip. Am rechten Fuß fehlte ein Schuh.

„Sollen wir die Leich' festhalten?", fragte Rudi den Schiffsführer. Der wollte abwinken.

Bis die Behörden verständigt und die Polizei ihre Ermittlungen aufgenommen und die Befragung beendet hatte, verging viel wertvolle Zeit. Zeit, die er sich nicht erlauben konnte, zu vergeuden. Das Patrouillenboot der Wasserschutzpolizei, das aus den Nebelschwaden auftauchte, nahm ihm die Entscheidung ab. Es war zu spät, sich jetzt noch aus dem Staub zu machen. Gerster gab Signal. Das Polizeiboot steuerte auf die „Annerose" zu.

Rudi deutete auf den schwimmenden Leichnam. „Den haben wir gerade entdeckt", rief er den Beamten zu.

Das Polizeiboot drehte bei. Einer der Männer holte einen Fänger und zog die Leiche auf den Aufleger des Bootes. Gleichzeitig erklomm ein anderer die „Annerose". „Na, dann erzählen Sie mal, wo Sie den Toten gefunden haben", begann der Beamte.

Wie Anton Gerster befürchtet hatte, nahm die Befragung wertvolle Zeit in Anspruch. Dabei hatten sie noch Glück. Anton Gerster aus Melk und sein Rudi waren auf der Donau bekannt, wie der sprichwörtlich bunte Hund. Und da sie nie unangenehm in Erscheinung traten und ihrer geregelten Tätigkeit nachgingen, konnten sie nach zwei Stunden ihre Fahrt fortsetzen. Anton Gerster schaute zum Dürnsteiner Kirchturm und bekreuzigte sich mit einem Dankgebet. Seine Mutter wäre stolz auf ihn. Aber jetzt musste er Fahrt machen. Die Kunden in Wien warteten.

Am nächsten Tag nahm Gerster in Wien Waren entgegen und transportierte sie flussaufwärts nach Linz. Das war seine Route. Linz–Wien und zurück. Seine Kunden schätzten sowohl seine Zuverlässigkeit als auch sein fröhliches Wesen. Oft sang er während der Fahrt mit kraftvoller Stimme. Am liebsten Choräle, wie er sie hoch oben im Kloster Melk oft und gern hörte. Er liebte die Barockkirche. Für ihn war sie mit ihren roten Marmorsäulen, den goldenen Kapitellen und Deckengemälden, die sich hoch über dem Kirchenraum wölbten, ein Stück des himmlischen Paradieses.

Seine Mutter Annerose arbeitete zu ihren Lebzeiten als Bedienung, später, als die Krankheit ihr gutes Aussehen dahinraffte, in der Küche des Klosterrestaurants. Einen Vater lernte er nie kennen. Er führe zur See und sei irgendwann nicht mehr zurückgekehrt, hatte die Mutter ihm erklärt. Vor drei Jahren, kurz vor ihrem Tod, kaufte sie den alten, aber gut gewarteten Frachtkahn und erfüllte damit ihrem Sohn seinen größten Wunsch: mit einem eigenen Schiff auf der Donau zu fahren.

Erstaunt hatte er gefragt, woher sie das Geld nehme, einen solchen Frachtkahn zu kaufen. Sie winkte nur ab und meinte: „Des Herren Wege sind manches Mal verschlungen."

In den letzten Wochen, kurz vor ihrem Tod, saß sie oft am Fenster und betrachtete mit Stolz und Freude den Kahn, der nicht weit von ihrem Haus, am Ufer der Donau, vor Anker lag und dem der Sohn ihren Namen gegeben hatte.

Nach ihrem Tod durchwühlte er alle Schränke, fand aber weder Sparbücher noch Rechnungen oder Quittungen, die Auskunft über die Beschaffung des Schiffes hätten geben können. So ließ er die Angelegenheit auf sich beruhen. Die Schiffspapiere wiesen ihn als Eigner aus, und den Bootsführerschein hatte er bereits mit zwanzig Jahren gemacht.

Im Benediktinerstift Melk wunderte sich Pater Cornelius, dem die Buchhaltung des Klosters unterstand, wo der Revisor, Alfred Primus, an diesem Morgen blieb. Er hatte erst vor zwei Tagen seine Arbeit als Buchprüfer aufgenommen. Das Erzbistum Wien beabsichtigte die Genehmigung der Gelder für weiter notwendig gewordene Restaurier- und Renovierungsarbeiten am Kloster nur zu genehmigen, wenn der Prüfer eine genaue Übersicht über die bisher verwendeten und noch benötigten Gelder erhielt und begutachtete.

Der Tag verging, ohne dass jemand den Revisor zu Gesicht bekam. Am nächsten Morgen benachrichtigte Pater Cornelius den Abt, der es als seine Pflicht ansah, Wien über die Abwesenheit des Mannes zu informieren. Niemand konnte das erklären. Die zuständige Stelle war in dem Glauben, Alfred Primus kontrolliere die Bücher des Klosters Melk.

Der Gerichtsarzt konnte an dem aus der Donau geborgenen Leichnam weder Verletzungen noch Zeichen von Gewaltanwendungen feststellen. Merkwürdig war nur die Todesursache: Der Mann war erstickt, bevor er in die Donau gelangte.

Am übernächsten Tag entschloss sich die Polizei, in Ermangelung einer Vermisstenanzeige, das Bild des Toten in der Zeitung zu veröffentlichen.

Der Abt des Stiftes Melk sah mit Entsetzen das Foto. Es bestand kein Zweifel: Der Tote war der Revisor Alfred Primus. Der Abt setzte sowohl Wien als auch die Polizei davon in Kenntnis.

Am Montag Morgen hatte sich Alfred Primus von seiner Frau mit dem Versprechen verabschiedet, in zwei Tagen, spätestens jedoch am Freitag Mittag wieder zu Hause zu sein. Die Buchprüfung im Kloster Melk, wohin ihn das Erzbischöfliche Ordinariat bestellt hatte, würde nicht mehr Zeit in Anspruch nehmen. Klosterbrüder seien ehrliche Zeitgenossen.

Bei seiner Ankunft begrüßte ihn der Abt des Benediktinerstiftes und übergab ihn Pater Cornelius. Der zeigte ihm für die Zeit seines Aufenthaltes sein Zimmer, bevor er ihn in ein Büro führte, in dem sich bereits die Akten stapelten.

„Ein Bruder wird Sie mit Kaffee versorgen. Das Mittag- und Abendessen können Sie zusammen mit uns im Refektorium einnehmen oder wenn Sie das nicht wünschen, das öffentliche Restaurant im Eingangsbereich des Klosters aufsuchen. Wenn Sie Fragen haben, erreichen Sie mich am Telefon unter der sechs." Pater Cornelius wies auf den Apparat, der, von Akten verdeckt, auf dem Schreibtisch stand. „Oder über das Handy." Er reichte ihm eine Karte mit der Nummer, bevor er sich verabschiedete.

Alfred Primus holte den Laptop und einen separaten Rechner aus seiner Tasche und begab sich an die Arbeit.

Was war das für ein Geräusch? Gab es Mäuse hinter der Holzvertäfelung? Alfred Primus besah sich die mit Nussbaum in Intarsien eingelegten Wände. Der Boden war sauber, wies nicht die kleinste Spur eines angenagten Holzspans auf. Altes Holz reagiert auf jede Temperaturschwankung entschied er und wandte sich wieder den Akten zu. Es waren, wie er vermutet hatte, die normalen Ausgaben des Klosters, und diese wurden ordnungsgemäß verbucht.

Die Sonne schickte ihre Strahlen durch die überhohen Fenster und ließ sie auf den Paneelen der Wände tanzen. Alfred Primus beschloss, das Mittagessen ausfallen zu lassen, stattdessen einen Spaziergang durch den Klostergarten zu machen und den Blick von der Balustrade vor der Bibliothek über das Donautal zu genießen.

Bei seiner Rückkehr stellte er mit Erstaunen fest, dass der Ordner, den er offen hatte liegenlassen, verschwunden war. Ausgerechnet der mit den alten Bauausgaben. Vielleicht benötigte ihn jemand. Er entschied umgekehrt zu prüfen: Von den zuletzt verbuchten, rückwärts zu den alten Baukosten. Die Prüfung nahm mehr Zeit in Anspruch als er geglaubt hatte. Nicht nur an Großunternehmen, auch an zahlreiche Kleinhandwerker der Umgebung waren Aufträge vergeben worden.

Gegen fünf Uhr am Nachmittag beendete er seine Arbeit, machte noch einen Rundgang durch den Klostergarten, wo er auf Pater Cornelius traf und ging zusammen mit ihm zum Abendessen.

Das Gebet und die Lesung vor dem Essen ließen ihn die Akten vergessen und ihn in eine Art Meditation fallen. Als sie den Esssaal verließen, hielt er Pater Cornelius zurück. „Morgen, spätestens übermorgen, benötige ich den Ordner mit den alten Baukosten.“

Pater Cornelius sah ihn verblüfft an. „Ich habe Ihnen alle Akten, die Sie benötigen, auf den Schreibtisch gelegt.“

„Ich weiß. Nur heute Mittag wurde der Ordner mit den alten Unterlagen weggeholt.“

„Wer hat ihn geholt?“

„Das weiß ich nicht. Als ich aus der Pause kam, war er verschwunden.“

„Das kann nicht sein. Niemand aus der Buchhaltung benötigte ihn.“ Pater Cornelius war irritiert. „Vielleicht haben Sie ihn auf einen anderen Stapel gelegt. Wir werden morgen zusammen nachsehen.“

Einige Brüder kamen vorbei, nickten Alfred Primus zu. War es Freundlichkeit oder amüsierten sie sich, dass dem Prüfer etwas abhanden gekommen war.

Am nächsten Morgen beteiligte sich Pater Cornelius an der Suche. Unter dem Stapel Kirchenaufwendungen lag der Ordner mit den alten Baukosten. Pater Cornelius klopfte Alfred Primus auf die Schulter. „Es findet sich alles wieder in einer geordneten Buchführung.“ Lächelnd verließ er den Raum.

Alfred Primus war sicher, den Ordner gestern aufgeschlagen liegengelassen zu haben. Vielleicht spukt es in alten Klöstern wie in alten Schlössern resümierte er und nahm sich den Ordner besonders vor. Warum konnte er nicht sagen. Es war das Gefühl des Spürhundes, der eine Fährte wittert.

Er arbeitete den ganzen Tag an diesem Ordner, verglich Rechnungen mit Oberweisungen. Firmen und

Banken, an die Rechnungssummen überwiesen wurden, tauchten immer wieder auf.

Als es draußen zu dämmern begann, schaltete er die Schreibtischlampe an, die sein Arbeitsfeld erleuchtete, den übrigen Raum im Dunkeln ließ. Mit einem Mal erregte eine Rechnung seine Aufmerksamkeit. Der Briefkopf, mit dem Computer erstellt, enthielt weder eine Anschrift noch Bankverbindungen. Die Firma stellte pauschal Baumaterial und Arbeiten über einhundertfünfzigtausend Euro in Rechnung. Weder war das Material im Einzelnen aufgeführt, noch die Arbeitsstunden aufgelistet. Die Summe wurde mit einem Scheck bezahlt. Alfred Primus nahm das Rechnungsblatt aus dem Ordner und legte es beiseite. Gleich morgen würde Pater Cornelius ihm den Umstand erklären müssen.

Alfred Primus war so in seine Recherche vertieft, dass er nicht das Knacken in der Vertäfelung wahrnahm. Fast geräuschlos öffnete sich die unsichtbare Tür in der Wandverkleidung. Ein Plastiksack wurde blitzschnell über den Oberkörper des Revisors gezogen. Zwei Arme, fest wie Schraubstöcke, die einen Widerstand unmöglich machten, hielten ihn auf dem Stuhl, bis er die Besinnung verlor und nach ein paar Minuten erstickt zur Seite kippte.

Der fast sechzigjährige Mann in der schwarzen Kutte zog die Kapuze über sein schütteres rötlich blondes Haar. Er faltete den mitgebrachten Sack auseinander und verstaute darin die Leiche. Die Rechnung und den Scheckbeleg heftete er zurück in die jeweiligen Ordner, klappte sie zu und stellte sie zu den anderen.

Er konnte die Belege nicht einfach verschwinden lassen. Wie sollte er den Fehlbetrag erklären? Nur würde er die Rechnung, damit sie bei der nächsten Prüfung nicht auffiel, neu und detailliert erstellen mit einem bekannten Firmennamen.

Pater Gideon schulterte den Sack mit der Leiche und verschwand genauso geräuschlos wie er gekommen war durch die Geheimtür. Er eilte zu dem Abstieg des alten Ganges im Innern des Berges, den er vor vielen Jahren entdeckt hatte und gelangte an das Ufer der Donau. Bevor er aus dem dunklen Höhleneingang trat, zog er den Toten aus dem Sack, nahm ihm den Plastikbeutel vom Kopf, salbte ihn und sprach die Sterbegebete. Erst dann stieß er ihn in den Fluss, warf den abgegangenen Schuh und die Gummihandschuhe, die er während der Tat getragen hatte, hinterher.

Im Grundschulalter besuchte Gideon das erste Mal mit seiner Mutter das Stift Melk. Sofort war er begeistert von den Gebäuden, dem Gesang der Mönche und Chorknaben. Er drängte darauf, das Gymnasium dort besuchen zu dürfen. Die Eltern hatten nichts dagegen. Als aber der Sohn nach dem Abitur den Wunsch äußerte, Theologie zu studieren und als Benediktiner-Mönch für immer auf Melk zu leben, stieß er auf den heftigsten Widerstand des Vaters. Der sah in seinem einzigen Sohn den Nachfolger seiner Arztpraxis und keinen Gottesmann.

Die Mutter fühlte, ihr Sohn würde nur in dem von ihm gewünschten Beruf glücklich und unterstützte ihn gegen alle vom Vater vorgebrachten Argumente.

Am Tag seiner Priesterweihe erkrankte der Vater.

Ein Grund, nicht dem Eintritt seines Sohnes in den Orden beiwohnen zu müssen. Die Mutter versuchte Gideon über die Halsstarrigkeit des Vaters hinwegzutrösten. Vergeblich. Die Ablehnung des Vaters traf ihn tief. Erst nach dessen Tod und den regelmäßigen Besuchen der Mutter, beruhigte er sich.

Plötzlich, ohne Vorankündigung einer Krankheit, starb die Mutter. Gideon begriff das nicht. Verzweifelt kehrte er nach der Beerdigung in das Stift zurück, mied, außer den gemeinsamen Pflichtgebeten, die Gemeinschaft der Mönche. Tagelang wandelte er betend durch den Kreuzgang, fand jedoch keine Ruhe.

Eines Abends blieb er vor dem alten Altar in der Nische stehen. Bei näherer Betrachtung stellte er fest, dass das Altarbild aus den Flügeltüren eines größeren Altars bestand. Er wollte sich überzeugen und die Halterung von hinten ansehen. Deshalb zwängte er sich zwischen Altar und Mauerwerk.

Doch was er jetzt erblickte, fesselte ihn mehr als das Altarbild: Hinter dem Altar befand sich ein offener Mauerspalt, groß genug, einem Menschen Durchlass zu gewähren. Er ging hindurch, konnte aber wegen der Dunkelheit nur einen weiterführenden Gang erkennen. Am nächsten Morgen kaufte er eine Taschenlampe.

Am Abend, er trug bewusst Jeans und Shirt, die Kutte war nicht nur lästig, sie sollte auch keine verräterischen Mauerspuren aufweisen, zwängte er sich hinter den Altar und leuchtete in den Gang. Von ihm gingen nicht nur weitere Gänge ab, sondern es wandt sich eine Treppe abwärts. Nach vielen Stufen, später zählte er sie und kam auf einhundertvierundachtzig, schimmerte ein blasses Licht durch das Gestrüpp, das den Ausgang verdeckte. Er verschaffte sich in der Mitte der dünnen Zweige einen Durchlass und gelangte an das mondbeschienene Ufer der Donau, ungefähr fünfhundert Meter von den Häusern des Ortes Melk entfernt. Er hatte einen alten Fluchtweg des Klosters entdeckt.

Gideon setzte sich an das Flussufer, und erneut überfiel ihn die Trauer um seine Mutter. Er ließ den Tränen ihren Lauf.

Mit einem Mal strich ihm jemand über das Haar, nahm ihn wie seine Mutter in den Arm und bettete seinen Kopf an ihren Busen. Der Trost tat gut, und bald erwiderte er ihre Küsse. Sie nahm ihn bei der Hand und führte ihn in ein Haus nahe am Fluss.

Irgendwann in der Nacht schreckte er auf und fand sich in einem fremden Zimmer. Neben ihm lag die schlafende Frau. Hastig zog er sich an, eilte zu dem Geheimgang. Oben angekommen, spähte er in den Kreuzgang, erblickte niemanden und schlich zu seiner Kammer.

Sein Gewissen peinigte ihn. Was hatte er getan? Er wollte nur getröstet werden. Wenn der Abt Kenntnis von seiner Tat erhielt, wurde er garantiert strafversetzt, durfte nicht mehr mit den Brüdern in den Gebäuden, die ihm so viel bedeuteten, leben. Er musste schweigen. Aber würde die Frau schweigen?

In der folgenden Nacht eilte er wieder durch den Geheimgang zu ihr. Sie versicherte ihm ihre Verschwiegenheit. Ihr Körper lockte erneut, und er wurde wieder schwach. Einen Monat setzte er die Besuche fort, dann hatte er sich gefangen.

„Das Kloster ist mein Leben. Nie werde ich zu einem Ehemann taugen“, versicherte er ihr.

Später sah er sie einmal in der Kirche mit einem kleinen Jungen an der Hand. Sie hat geheiratet und ist Mutter geworden, stellte er mit Genugtuung fest.

Pflichtbewusst, angestachelt durch das Feuer der Reue, arbeitete er mehr und härter als verlangt. Nach etlichen Jahren, er genoss dank seiner Fähigkeiten ein hohes Ansehen, vertraute der Abt ihm die Baufinanzierungen des Kloster an.

Vor drei Jahren erhielt er den Brief eines Mannes mit der Bitte, seine kranke Mutter verlange nach seinem Beistand. Ein nicht alltäglicher Wunsch. Pater Gideon nahm die Utensilien zur Krankensalbung und begab sich zu der angegebenen Adresse. Es war das Haus, das er seit siebenundzwanzig Jahren nicht mehr betreten hatte.

Die eingefallenen Wangen und der stechende Blick aus dunklen Augenhöhlen verrieten, Annerose Gerster stand an der Schwelle des Todes. Sie schickte den Sohn hinaus.

Ohne Umschweife begann sie: „Hast du den Jungen gesehen? Ich habe nie geheiratet, mein Wort gehalten und geschwiegen, niemandem verraten: Anton ist dein Sohn. Jetzt, wo es mit mir zu Ende geht, muss ich seine Zukunft sichern. Sein größter Wunsch ist ein eigener Frachtkahn. Das Schiffspatent machte er schon vor Jahren. Sorge du für die Finanzierung. Es ist das Einzige, das ich verlange. Der alte Adrian will für seinen

Kahn einhundertfünfzigtausend Euro haben. Es ist ein gutes Schiff. Ich habe es mir angesehen."

Ihn schwindelte. Die Vergangenheit holte ihn ein. Durfte er sich dem Wunsch der Frau entziehen? Sie zog den Jungen allein groß, ermöglichte ihm eine Ausbildung. An der Vaterschaft bestand kein Zweifel, der Junge war eine Kopie von ihm in jungen Jahren. Sie hatte geschwiegen, um sein Bleiberecht auf Melk nicht zu gefährden. Jetzt musste er seine Schuld begleichen.

Die ganze Nacht überlegte er, wie er ihr helfen konnte. Er sah nur eine Möglichkeit. Bei den enormen Kosten, die die Klosterrenovierung verschlang, fiel ein Rechnungsbetrag in dieser Größenordnung nicht auf. Bereits am nächsten Tag erläuterte er ihr den Plan. Sie eröffnete in Linz bei einer Bank ein Konto auf ihren Namen. Darauf zahlte sie den Scheck über einhundertfünfzigtausend Euro, den sie von Pater Gideon erhielt, ein. Nach dem Schiffskauf löschte sie das Konto und vernichtete alle Belege.

„Pater, ich werde nie vergessen, wie Sie meiner Mutter in ihrer letzten Stunde beistanden", versicherte ihm Anton Gerster bei der Beerdigung.

„Ist schon gut mein Sohn", antwortete er. Niemand ahnte die Eindeutigkeit seiner Worte.

REGINA SCHREINER

Wir sehen uns in Regensburg

Er war angekommen. Nicht nur mit dem Zug um 10 Uhr 15, sondern auch am Ende eines langen Weges, der ihn zu dem Entschluss geführt hatte, seine Noch-Ehefrau umzubringen. Und hier in Regensburg, wo einst alles begonnen hatte, sollte es auch enden. War das wirklich alles schon fünfunddreißig Jahre her? Wenn er jetzt daran dachte, erschien es ihm, als sei es gestern gewesen, dieses Sommerwochenende, an dem sie sich auf halber Strecke verabredet hatten. Er, der hoffnungsvolle Jurastudent aus München, sie, die zwanzigjährige Sekretärin aus Weiden in der Oberpfalz. Eine Bekanntschaftsanzeige hatte sie zusammengeführt. Briefe waren hin und hergeflogen, sie hatten Fotos ausgetauscht, aber hier auf dem Bahnsteig in Regensburg begegneten sie sich zum allerersten Mal. Sie gefielen sich auf Anhieb: Inge der wohl aus Verlegenheit etwas steif wirkende junge Mann mit dem Bürstenhaarschnitt, Rolf die niedliche Brünette mit der kessen Stupsnase und der Wespentaille. Es war ein so wunderbarer Tag gewesen. Beide kannten sie Regensburg noch nicht, und so genossen sie die Entdeckungsreise in eine mittelalterliche Stadt und zueinander auf doppelte Art und Weise. Sie entdeckten die Kirchen und die alten Patrizierhäuser, bestiegen den „Goldenen Turm“ und wanderten über die „Steinerne Brücke“. Das steinerne Brückenmännchen riß Inge zu allerlei Anspielungen hin.

„Bist du auch so gut gebaut?“, wollte sie wissen. Aber da hatte er schon Feuer gefangen, und sie hätte allen Blödsinn der Welt reden können, es hätte ihn nicht abgeschreckt.

In einem Gartenlokal aßen sie mit Blick auf die „Steinerne Brücke“ und auf den Strom zu Mittag. Später schlenderten sie am Ufer der Donau entlang, und auf einer Bank in den Donauauen küsste er sie zum ersten Mal. Ein aufziehendes Gewitter trieb sie in die Stadt zurück.

Sie erreichten den Dom gerade noch rechtzeitig, ehe der Wolkenbruch niederging. Als ein Blitz ganz in der Nähe einschlug, drängte sie sich ängstlich an ihn. Das gefiel ihm. Sie heirateten ein knappes Jahr später und zogen in eine gemeinsame Wohnung in München.

Wenn er heute daran dachte, konnte Rolf es nicht begreifen, wie sich ein junges hübsches Mädchen so verändern konnte. Zugegeben, auch er war nicht mehr der von einst. Er war fülliger geworden, sein Haar war zurückgewichen. Wenn er ehrlich war, musste er sich eine Glatze eingestehen. Aber Glatze war jetzt modern, und so gab er sich dafür keine Minuspunkte, zumal der verbliebene Haarkranz noch dunkel schimmerte. Für seine inneren Qualitäten gab er sich sogar reichlich Pluspunkte. Schließlich hatte er an Erfahrung hinzugewonnen und im Amt, dank seines Jurastudiums, eine gute Position erobert.

Inge hätte durchaus zufrieden sein können mit

einem Mann wie ihm. War sie aber nicht. Mit was war sie überhaupt zufrieden? Rolf hatte sich das während ihrer ihm endlos lang erschienenen Ehe oft gefragt.

Es begann schon, als die beiden Kinder kurz hintereinander kamen. Nicht nur, dass Inge ihre Figur nach der zweiten Geburt beklagte. Keine Spur mehr von Wespentaille. Sie lastete es *ihm* an, der *sie* in diesen Zustand gebracht hatte. Er empfand das als ungerecht, denn jeder konnte sehen, dass sie zuviel futterte. Auch fühlte sich Inge mit Haushalt und Kindern irgendwie betrogen, um ihren Beruf, um Anerkennung und Erfolg. So hatte sie sich die Ehe nicht vorgestellt. Rolf auch nicht. Er schaute schon mal über den Gartenzaun und entdeckte, dort auch andere schöne Blüten. Inge tobte. Sie keifte, zeterte, misstraute. Sie aß zuviel, trank und versank in Selbstmitleid ebenso wie in ihrem eigenen Fett. Die Kinder und der Haushalt wurden ihr zur Last. Und irgendwann sah sie keinen anderen Ausweg als eine reichliche Menge Tabletten. Man fand sie rechtzeitig. Fast ein Jahr dauerte ihre Rehabilitation. Die Kinder, inzwischen selbständig geworden, zogen aus. Rolf meinte, sie könnten es ja noch einmal miteinander versuchen. Aber Inge, der man in der Therapie den Rücken gestärkt hatte, verlangte die Scheidung.

Jetzt absolvierten sie das Trennungsjahr. In dieser Zeit starb seine Tante. Erbtante hatten sie diese oft scherzhaft genannt, denn Tante Edelgard war in der Tat vermögend, ledig, ohne Kinder, und Rolf war einer ihrer beiden Neffen. Der Lieblingsneffe. Tante Edelgard war eine Testamentsverkünderin, eine derjenigen, die damit ihre Mitmenschen lenken wie andere mit Zügeln die Pferde, und das schon in bemerkenswert jungen Jahren, als sie gesund und rüstig und an ihr Ableben noch nicht zu denken war. Tante Edelgard betonte bei jeder sich bietenden Gelegenheit, dass ihr lieber Neffe Rolf einmal alles erben solle. Und das war nicht wenig. Deshalb fand sie es nur in Ordnung, dass sie selbst auf das von ihr zu Vererbende ein wenig Vorschuss nahm.

Das sah dann so aus, dass sie jedes Jahr die Familie einmal mit ihrem vierwöchigen Besuch beehrte und sich verwöhnen ließ. Da Rolf seinem Beruf nachging, fiel Inge diese verantwortungsvolle Aufgabe zu. Gemeinsam besuchten sie die Sehenswürdigkeiten Münchens und zogen durch die Galerien und Museen, denn die Tante war kunstbeflissen, eine Neigung, der sie auf dem Lande nicht nachgehen konnte. Vier Wochen Besuch in der engsten Familie, das hält die beste Ehe nicht aus. Und die von Rolf und Inge war nicht die beste. Die Tante war zwar ledig, aber ihr Gespür für Eheunstimmigkeiten war ausgeprägt. Sie mischte sich ein und mischte kräftig mit. Das kittete nach ihrer Abreise die brüchige Ehe immer wieder für ein Weilchen. Dass Tante Edelgard ebenso wenig von der Kindererziehung verstand wie von der Ehe, hinderte sie nicht daran, ihre Meinung darüber zu verkünden. Und diese Meinung war so, dass die Kinder die Tante mieden, wo sie konnten.

Wenn nach der überstandenen „Heimsuchung“ Rolf die Tante im Auto aufs Land zurückfuhr, war er ihrer Redeflut ausgeliefert: „Rolf, du musst dich mehr durchsetzen in deiner Ehe. Und bei den Kindern. Die tanzen dir doch auf dem Kopf herum! Und denk daran, eine gute Ehe ist die beste Lebensversicherung." Sie selbst wurde auch ohne Ehe uralt.

Doch jetzt im Alter von 90 Jahren war sie doch gestorben und hatte ihrem Lieblingsneffen, wie angekündigt, ihr Vermögen hinterlassen, immerhin anderthalb Millionen Euro. Es wäre so schön gewesen, jetzt, da die Scheidung lief und er alles für sich behalten konnte. Wäre da nicht diese Klausel gewesen. Um einer Scheidung vorzubeugen, hatte Tante Edelgard testamentarisch festgelegt, dass ihr Vermächtnis nur bei intakter Ehe gültig sei. Andernfalls gehe alles an den Kunstverein.

Nicht mit mir, dachte Rolf, und sann auf einen Ausweg. Nicht nur der Erbschaft wegen wäre eine Scheidung für ihn ungünstig gewesen, denn sie würde ihm die Hälfte seiner zukünftigen Pension an Versorgungsansprüchen seiner Frau kosten, weshalb seine Überlegungen schon sehr bald in eine ganz bestimmte Richtung gingen. Hatte Inge nicht auch schon solche Gedanken gehabt, damals, als sie den Selbstmordversuch gemacht hatte? Vielleicht half er ihr damit, wenn sie das ungeliebte Dasein beenden konnte, das sie bei jeder Gelegenheit so wortreich beklagte: „Du hast mein Leben verpfuscht, ich hasse dieses Dasein, keiner braucht mich mehr, seitdem die Kinder ausgezogen sind. Und du gehst fremd! Ich bin doch nur noch zum Putzen, Waschen und Kochen gut. Es ist die Hölle!" Wäre es da nicht besser, sie gleich dorthin zu befördern? Er erschauerte bei dem Gedanken, wie eiskalt er darüber nachdachte. Doch war er sicher, dass er seinen Lebensabend, er stand kurz vor der Pensionierung, nicht mit dieser Frau verbringen wollte.

Vergessen waren die ersten schönen Jahre, vergessen, dass sie die Mutter seiner Kinder war, die er liebte, geblieben war nur eine vom Leben enttäuschte, vorzeitig gealterte Frau, fett, behäbig und ohne Pause nörgelnd. Nein, es war Notwehr. Wer dem Partner derartig das Leben vergällt, der hat sein Lebensrecht verspielt. Allerdings, auch wenn er davon überzeugt war, es plagten ihn doch vielfältige Bedenken und Überlegungen, die ihm unruhige Nächte und nervöse Tage bescherten. In schweren Träumen sah er sich immer wieder von der Polizei verfolgt oder im Gefängnis, wo ihn seine Frau hämisch grinsend besuchte.

Seltsamerweise trat sie stets quicklebendig in seinen Träumen auf. Keine Spur von Tod oder Ermordung war an ihr zu entdecken. Der schlimmste Traum, aus dem er schreiend und schweißgebadet erwachte, war der gewesen, in dem er als hilfloser Einsiedlerkrebs auf dem Meeresgrund lag und sich vergeblich in ein leeres Schneckenhaus retten wollte. Denn schon nahte eine gewaltige Königskrabbe, die ihn mit ihren großen Scheren aus dem Gehäuse ziehen wollte. Schon umklammerten die Scheren das Schneckenhaus, in dem er zitternd saß, schon sah er die Mundwerkzeuge sich bewegen, schon hörte er das Krachen seines Gehäuses ... da veränderten sich die Züge der Krabbe in ein unmenschlich-menschliches Gesicht. Er sah einen weit aufgerissenen Mund mit grellrot geschminkten Lippen. Es war das verzerrte Gesicht seiner Frau, die sich gleichmütig anschickte, ihn zu verspeisen.

„Um Himmels willen, was schreist du so?“ Inge, die schon lange im ehemaligen Kinderzimmer schlief, kam hereingestürzt, so schnell es ihre Fülle erlaubte, und Rolf stöhnte nur: „Schon gut. Ich habe schlecht geträumt.“

Dann zog Inge aus, zurück in ihren Heimatort Weiden, um in der Nähe ihrer alten Mutter zu sein.

Rolf war es nur recht. Aber er musste unbedingt die Scheidung verhindern, um das Erbe der Tante antreten zu können. Längst stand es für ihn fest, dass er Inge beseitigen musste. Die Frage war nur, wie er es anstellen sollte, um nicht als Mörder ins Gefängnis zu wandern. Es sollte wie ein Unfall aussehen, vielleicht wie Selbstmord. Den hatte Inge ja schon geprobt.

Doch Rolf kam zu keinem wirklich überzeugenden Entschluss, zumal sie jetzt fern von München wohnte und sie keinen nahen Kontakt mehr hatten. Vielleicht wäre ein Autounfall ideal. Aber so etwas konnte auch schief gehen, Inge könnte verletzt überleben. Und dann musste er auch noch für die Pflege aufkommen. Tabletten? Das konnte auch nur funktionieren, wenn sie diese selbst einnahm. Und Todesarten wie Erstechen oder Erdrosseln zog er gar nicht erst in Erwägung. So primitiv war er nicht.

Dann fiel ihm ein, dass Inge wasserscheu war, und im Gegensatz zu ihm keine gute Schwimmerin. Deshalb hatten sie sich auch nie einigen können, ob sie im Urlaub ans Meer oder in die Berge fahren sollten. Lieber schleppte die Frau ihre Fülle mühsam auf die

Berge, und wozu gab es Seilbahnen als dass sie mit ihm ans Meer fuhr. Deshalb gab sie selten genug seinem Urlaubswunsch nach. Zugegeben: Sie war kein erfreulicher Anblick im Badeanzug. Und so saß sie am liebsten unter dem Sonnenschirm, ihre Fülle verhüllt mit einem zeltartigen Strandtuch, und verbrachte die Zeit mit Essen und Trinken. Wenn sie dann kurz vor Sonnenuntergang ein wenig ins Wasser ging, fürchtete sie die Wellen, und ihre Ungeschicklichkeit ließ sie mehr Wasser schlucken als nötig. Schließlich gestand sie ihm, dass sie nie richtig schwimmen gelernt habe. Das fiel ihm jetzt ein. Er konnte damit rechnen, dass sie sich im Tiefen entweder gar nicht, oder nur mühsam über Wasser halten konnte.

Regensburg fiel ihm ein. An seinem geistigen Auge wälzen sich die rasch fließenden Fluten der Donau vorbei und bilden Strudel an den Pfeilern der „Steinernen Brücke“. Das bräunliche Wasser ist undurchsichtig, tief und unergründlich. Er sieht seine Frau, sich über die Brückenbrüstung beugend, das Übergewicht bekommend ... mit einem gewaltigen Platsch schlägt ihr massiger Körper auf und taucht unter ... verschwindet ein für allemal aus seinem Leben. Ein schöner Traum! Doch so einfach war es nicht. Endlich verfiel Rolf auf die Idee mit dem Nostalgietreffen. Zunächst hatte Inge nur Hohn und Spott für seinen Vorschlag. „Du glaubst doch nicht, dass das unsere Ehe kitten könnte!“ Dann gab sie nach, erklärte sich bereit zu kommen und noch einmal einen ganzen Tag mit ihm zu verbringen. „Gut. Wir sehen uns in Regensburg. Ich freu mich“, schloss er das Telefongespräch.

Ihr Zug kam zwanzig Minuten später in Regensburg an als seiner. Rolf erwartete seine Frau auf dem Bahnsteig. Wie ist das, wenn ein Mann seine Frau sehnlichst erwartet, nur um sie umzubringen? Er spürte eine Unruhe in sich, fast wie damals, als er die noch Unbekannte erwartete. Und wie damals hielt er nach einem jungen Mädchen Ausschau, als der Zug in den Bahnhof einlief. Ächzend stieg seine füllige, gealterte Frau aus. Rolf atmete auf. Das machte es wieder leichter. Seine Frau watschelte auf ihn zu und sagte statt einer Begrüßung: „Mit dem Zug um 17 Uhr 18 muss ich zurückfahren." Rolf nickte und dachte daran, dass der Zug ohne sie zurückfahren würde. Der Tag war heiter, nicht mehr Winter und noch nicht Frühling. Die Donau führte nicht gerade Hochwasser, aber die Schneeschmelze in den Bergen hatte, wie jedes Jahr, um diese Zeit dafür gesorgt, dass das Flussbett gut gefüllt war. Am nördlichen Ausgang der „Steinernen Brücke" war das Wasser sogar ein bisschen in die Flussauen übergetreten.

Er hatte in der „Historischen Wurstküche" zu Mittag essen wollen, an einem der Tische im Freien. Sie bestand auf einem richtigen Lokal, und so landeten sie in der „Alten Münz" am Fischmarkt, wo sie mit großem Appetit ein Rehschäuferl mit Spätzle und Preiselbeeren verdrückte und als Nachspeise Topfenstrudel mit Eis und Blaubeeren.

Er begnügte sich mit Forelle blau und Salzkartoffeln und ließ die Hälfte zurückgehen.

„Schmeckt's dir nicht?", wollte sie wissen.

„Ich glaube, mein Magen ist nicht ganz in Ordnung."

„Ach ja? Na, du hattest ja schon immer einen schwachen Magen. Ganz im Gegensatz zu mir!“, lachte sie und nahm sich eine von seinen Kartoffeln, ehe die Bedienung sie abräumen konnte. Inge kaute noch, tupfte sich mit der Serviette die Mundwinkel ab und fragte, was er sich denn nun eigentlich von diesem Treffen erwartete. „Bisher hast du mir nichts erzählt. Über die Kinder hätten wir auch am Telefon reden können. Außerdem gibt es da nichts Neues, soviel ich weiß. Ach ja, mein monatlicher Scheck ist noch nicht da.“

„Schon angewiesen“, log er und fuhr entschlossen fort, denn eben fiel ihm ein, dass er ihr noch eine Chance geben wollte. „Inge, wenn ich ehrlich bin, ich wollte dich fragen, ob wir nicht doch noch eine Chance zusammen haben. Schau, so viele Jahre haben wir es jetzt miteinander ausgehalten. Sollten wir den Rest da nicht auch noch schaffen? Die paar Jährchen, die uns vielleicht noch bleiben ...“

„Eben“, fiel sie ihm ins Wort, „und gerade deswegen will ich meine letzten Jahre nicht auch noch vergeuden. Gib dir keine Mühe, Rolf. Mein Entschluss steht fest. Schon gleich, da das Trennungsjahr fast geschafft ist.“

„Dann will ich dir etwas anderes sagen: Tante Edelgard ist tot.“

Inge wurde hellhörig: „Ach! Und? Hat sie dir ein Vermögen vermacht? Oder waren das auch nur leere Versprechungen?“

„Doch, sie hat. Anderthalb Millionen Euro.“

„Oh!“, entfuhr es Inge, und ihre Augen signalisierten plötzlich mehr Interesse. „Na, dann kannst du mir ja eine Abfindung zahlen. Ich habe mich lang genug mit ihr geplagt."

„Es gibt da eine Klausel. Ich bekomme es nur, wenn wir nicht geschieden sind."

„Das Biest!", presste Inge durch die Zähne, und dann, nach einigem Nachdenken sagte sie: „So ist das also. Daher weht der Wind. Du Heuchler! Mir machst du etwas vor, als ob die Sehnsucht nach mir dich dazu treibt. Und in Wahrheit ist es reine Geldgier!"

Jetzt sah er wirklich Hass in ihren eisblauen Augen. Damit hatte sie das Urteil selbst gesprochen. Seine letzten Skrupel verflogen.

„Wenn du es so siehst", sagte er matt, „mir war unsere langjährige Ehe einen letzten Versuch wert."

Als die Bedienung vorbeikam, zahlte er, und sie gingen hinaus. Der Himmel hatte sich bezogen, aber es regnete nicht, und da es erst zwei Uhr nachmittags war, ließ sie sich zu einem Spaziergang entlang der Donau überreden. Sie gingen zum Südufer in Richtung Westen und standen schon bald am „Eisernen Steg".

„Komm, laß uns hinübergehen."

„Nicht gern", sagte sie, „ich möchte lieber zurückgehen."

„Aber wir könnten auf der anderen Seite zur ‚Steinernen Brücke' zurückgehen. Komm schon! Tu mir zum letzten Mal einen Gefallen."

Inge zögerte. Sie sah auf ihre unbequemen Schuhe hinunter. Dann ging sie mit. Aber immer wieder hielt sie inne, schaute auf das gurgelnde Wasser hinab, zögerte, wollte umkehren.

„Schau nicht aufs Wasser“, riet er, legte ihr den Arm um die Schultern und schob sie weiter. Sie hatten schon zwei Drittel der Strecke hinter sich, als sie sich weigerte weiterzugehen.

„Aber es ist viel weiter zurückzugehen“, sagte er eindringlich, „sieh doch, wir sind doch gleich da!“

Rolf hatte das Gefühl, eine störrische Ziege über die Brücke zu ziehen. Wut, ja Panik befiel ihn, sah er sich doch seinem Ziel schon so nahe. Denn dort in der Nähe des Brückenendes gab es eine Art Floßlände, eine wunderbar passende Stelle, an der die braunen Fluten Wirbel bildeten. Und kein Mensch in der Nähe. Es war ihr anzusehen: sie hatte Angst. Und erleichtert, das Ende der Brücke vor Augen, rannte sie die letzten paar Meter, und Rolf fasste sie am Arm und rannte mit. Den Schwung nutzend, zog er sie, unten angekommen, zum Fluss hin. Dann standen sie auf der gemauerten Flussbegrenzung. Rolf zögerte nicht. Er deutete aufgeregt ins Wasser.

„Da, schau!“, rief er, und als sie hinschaute, stieß er sie ins Wasser.

Im Sturz riss sie die Arme hoch, so als suche die Strauchelnde einen Halt ... und fand ihn an seinem Mantelkragen. Rolf hörte einen kurzen, halb erstickten Laut, spürte, wie die sich neigende Masse seiner Trägheit entgegenwirkte und er nichts dagegen tun konnte. Seine nächste Empfindung war das eiskalte Wasser, das über seinem Kopf aufspritzend zusammenschlug. Seine Verwirrung dauerte nur kurz. Gut, es war schief gegangen. Es war anders gekommen, als er gedacht hatte. Aber er wusste, dass er ein guter Schwimmer war, wenn er auch verspürte, wie sie von der starken Strömung mitgerissen wurden, wie sie abtrieben. Jetzt musste er sich nur von ihr befreien, deren enormes Gewicht an ihm hing wie ein Mühlenstein. Ab und zu aber tauchten sie gemeinsam über der Wasserfläche auf, schnappten nach Luft.

Er sah Inges weit aufgerissene Augen und den offenen Mund, in den das Wasser eindrang. Und er sah die Todesangst in ihrem Blick. Und noch etwas sah er: Sie hatte begriffen. Ertrinken ist kein humanes Sterben. Aber der Nichtschwimmer hat den Vorteil rasch aufzugeben, wenn er keinen Halt findet und bewusstlos zu werden. Findet er dagegen nur den kleinsten Halt, so wird er diesen umklammern, bis ihm die Sinne schwinden und noch darüber hinaus. Der Klammergriff eines Ertrinkenden ist erbarmungslos wie das Element seines Unterganges. Wehe dem geübten Schwimmer, der ihm in die Hände fällt! Seiner Bewegungsfreiheit beraubt, nützen ihm seine Schwimmkünste wenig.

Rolf spürte, wie ihn das beträchtliche Gewicht seiner Frau immer wieder unter Wasser zog. In ihrer Todesangst umklammerte sie seinen Hals wie mit einem Schraubstock. Sein ganzer Oberkörper war gefangen, und unten schlangen sich ihre Beine um seinen Leib. Und je mehr er sich zu befreien suchte, umso heftiger wurde er umklammert. In den kurzen Pausen, in denen sie aus den Fluten auftauchten, sah er das Ufer vorbeitreiben. Immer rascher wurden sie auf die „Steinerne Brücke“ zugetrieben.

Dort würde man sie sehen, so seine Hoffnung. Dort

wäre Rettung, musste Rettung sein! Eine trügerische Hoffnung, denn niemand sah sie, auch nicht die über die „Steinerne Brücke" laufenden Menschen, die dem dahinfließenden Strom keine Beachtung schenkten.

Kurz vor der Brücke tauchten sie noch einmal auf, eine Sekunde nur, in der Rolf den steineren Pfeiler direkt auf sie zuschießen sah. Im nächsten Moment zog es sie wieder unter Wasser, und sein Kopf zerschellte am Stein. Es wurde dunkel.

Man fand sie zwei Wochen später wenige Kilometer donauabwärts im Ufergestrüpp, noch immer engumschlungen. Die Öffentlichkeit war gerührt: Ein altes Liebespaar, das gemeinsam den Tod gesucht und gefunden hatte, noch im Tode eng aneinander geschmiegt! Erst recht war man gerührt, als die „Bild-Zeitung" herausfand, dass die Beiden 35 Jahre glücklich verheiratet waren.

STEFFI MELAKKA

Tupperschüsseln erleichtern die Arbeit

„Lungenentzündung“, sagte der Arzt in der Notaufnahme. Karoline lag matt auf der Untersuchungsliege. „Wir müssen Sie ein paar Tage hier behalten“, sprach der Arzt weiter und streichelte dabei mitleidig über ihre magere, abgearbeitete Hand.

Vor knapp zwei Stunden hatten die Sanitäter, nachdem sie vom Dorfgendarmen benachrichtigt wurden, Karoline hierher nach Passau in das Klinikum gebracht. Sie hatte hohes Fieber. Ihr Körper war ausgemergelt und schwach.

Am Abend vorher war Karoline noch gesund und munter. Nein, munter wäre das falsche Wort, eher fleißig. Wie jeden Samstagabend hatte sie zuerst die Tiere im Stall versorgt und dann das Abendbrot zubereitet. Nicht vergessen durfte sie dabei, den selbstgemachten Apfelwein auf den Tisch zu stellen, den Xaver jeden Samstag in sich hineinschüttete wie Wasser. Anschließend räumte sie noch die Küche auf, spülte das Geschirr, legte im Kachelofen Holz nach. Dann ging sie zu Bett. Wie jeden Samstagabend schon sehr früh, denn am frühen Morgen musste sie wieder aufstehen.

Sie stand also bereits um drei Uhr morgens auf und ging sofort in die Küche, um den Hefeteig zuzubereiten. Wie seit zehn Jahren an jedem Sonntag Morgen. Damals war ihr Schwiegervater gestorben, und die Schwiegermutter war seitdem noch massiver in ihr Leben eingedrungen. Jeden Sonntag wollte sie morgens exakt um 5 Uhr 30 ihren Xaver zum gemeinsamen Frühstück bei sich haben. Selbstverständlich verlangte sie da ihre frisch gebackenen Milchbrötchen.

Und so kam es, dass Karoline jeden Sonntag Morgen aufstehen musste, den Hefeteig für die Milchbrötchen zubereiten, den Teig dann in der Tupperhefeschüssel zur Schwiegermutter bringen. Dort angekommen, erst mal die Küche einheizen, um dann die Brötchen zu backen, damit Mutter zufrieden war. Anschließend hatte sie noch Kaffee zu kochen, damit Mutter und Sohn gemeinsam frühstücken konnten, während Karoline Mutters Tiere zu versorgen hatte. Zwei Schweine, drei Ziegen und 15 Hühner waren zu füttern und die Gehege sauber zu machen.

Ursprünglich waren Karolines Schwiegereltern eine Fischerfamilie auf der Donau gewesen. Doch der Fluss warf immer weniger gesunde Fische ab, und die Umweltverschmutzung wurde von Jahr zu Jahr schlimmer. So hatte der Schwiegervater dann die Fischerei schweren Herzens aufgegeben und in seiner ehemaligen Fischerhütte nur ein Paar Nutztiere, für den Eigenbedarf, gehalten. Kurz nachdem er die Fischerei ganz aufgegeben hatte, war er dann gestorben. Wie Karoline meinte an gebrochenem Herzen, denn dass alles Leben in der Donau, seinem geliebten „Flüßle“, nach und nach verendete, das hatte er nie verwunden.

Das Frühstück von Mutter und Sohn dauerte immer so lange, bis Karoline die Arbeit getan hatte. Anschließend konnte, vielmehr musste sie die 15 Kilometer zurück mit dem Boot auf der Donau fahren. Dort angekommen, hatte sie dann ihre eigenen Tiere zu versorgen. Eigentlich waren es ja die Tiere ihres Mannes, denn ihr gehörte nichts auf dem Hof. Während Karoline im Stall war, ruhte Xaver noch ein Stündchen auf dem Kanapee. Solange, bis es an der Zeit war und er sich zum Frühschoppen in den Ort aufmachte. Xaver selbst wollte nie Fischer sein. Er ekelte sich vor den, wie er immer sagte, „glitschigen Kerlen". Bauer sein, ja das gefiel ihm, und er hatte auch das Gemüt, beziehungsweise das Benehmen eines Bauern.

Wie immer saß auch diesen Sonntag Morgen Xaver noch am Küchentisch. Besser gesagt, er hing halb über den Tisch und schüttete sich mit dem Apfelwein den letzten Rest an Verstand zu. Er lallte und versuchte Karoline an der Schürze zu erwischen, um sie zu sich heranzuziehen.

„Komm Alte", lallte er, „mein Schlegel zwickt mich. Du hast es doch gern, in der Küche über den Tisch gelegt zu werden."

Er erwischte Karoline auch, denn die kleine Bauernküche lies keinen Raum zu Ausweichmanövern. Brutal riss er ihr den Schlüpfer herunter und versuchte, in sie einzudringen. Was ihm allerdings in seinem Vollrausch nicht gelang.

„Blöde alte Kuh, kannst nicht mal deinen Mann scharf machen", faselte er, als er sich seine Hose wieder zumachte.

Heute hatte Karoline noch Glück, dass er sie nicht wieder schlug wie vor drei Wochen. Da hatte er sie übel zugerichtet. Eine Woche lang konnte sie sich, mit ihrem zugeschwollenen Auge und der aufgeplatzten Lippe, nicht im Ort sehen lassen. Xaver holte sich dafür noch die Flasche Korn aus der Speisekammer, denn anscheinend hatte er heute sein Quantum noch nicht erreicht.

Karoline war derweil mit dem Teig, den sie sorgfältig walkte, beschäftigt. Als sie genug geknetet hatte, ließ sie den Teig mit einem Plumps in die Tupperschüssel gleiten, in der Hefeteig immer wunderbar aufging. Sie zog ihren Mantel an und ermahnte Xaver, sich ebenfalls eine Jacke anzuziehen. Es war frostig in dieser Nacht, knapp unter Null Grad. Allerdings noch nicht so, dass die Donau zugefroren wäre. Xaver lachte nur: „Weibergeschwätz", nahm die Flasche Korn in die Hand und wankte zum Steg, an dem ihr kleines Boot mit dem Elektromotor vertäut lag. Dort ließ er sich auf seinen Sitz fallen und soff weiter.

Karoline setzte sich hinten ins Boot und ließ den Motor an, um zum Haus der Schwiegermutter zu fahren. Es war kalt, und es wehte ein eisiger Wind. Karoline mochte das Wasser. Sie fuhr leidenschaftlich gerne über die Wellen. Nur diese Zwangsfahrten mit Xaver jeden Sonntag, die hasste sie zutiefst. Auf der Donau war jedoch der kürzeste Weg zu Mutters Hof. Wäre sie regulär mit dem Auto auf der Landstraße gefahren, hätte sie keine 15, sondern 28 Kilometer zurücklegen müssen.

Mit dem besoffenen Kerl neben sich nicht gerade

erfreulich. Xaver wankte mit dem Oberkörper immer hin und her, während er, wie ein Baby, an der Schnapsflasche nuckelte. Eigentlich hasste er seine Mutter und konnte die Sonntäglichen Frühstückszeremonien nicht ausstehen. Doch er traute sich niemals, sich seiner Mutter zu wiedersetzen. Jeden Tag hatte sie stundenlang Arbeit für ihn. Sie wusste andauernd ihn zu beschäftigen. Reparaturen da, etwas ausbessern hier und am Sonntag dann dieses Pflichtfrühstück. Karoline war daheim, auf dem Hof ihres Mannes, ständig allein mit ihrer Arbeit. Seit zehn Jahren!

Seit eben Schwiegervater tot war, der eine Seele von Mann war. Solange er lebte war es auch soweit in Ordnung, bis auf die Saufereien von Xaver, die er damals allerdings nur alle paar Wochen veranstaltete, wenn Mutter ihm mal wieder die Leviten gelesen hatte, weil er kein Fischer geworden war, und weil er so unfähig seinen Hof führte. Oder wenn er genug hatte von dem ewigen Gehetze gegen seine Frau. Verteidigen gegen die Mutter tat er Karoline nie, doch von der Mutter ewig anhören wie schlampig, faul und zu nichts nutz seine Frau war, wollte er auch nicht. So betrank er sich eben und fiel dann mit allem Zorn, der eigentlich der keifenden Mutter galt, über Karoline her.

Knapp drei Kilometer weit war Karoline in dieser Nacht gefahren. Sie hatte den Scheinwerfer angemacht und fuhr immer am Ufer entlang. Plötzlich wurde sie von einem lauten Knall erschreckt. Sie verriss das Ruder und fuhr in voller Fahrt in einen kleinen Baum am Ufer. Der Motor stand, und Karoline schaute sich um.

Xaver schnarchte laut und hatte überhaupt nichts gemerkt. Woher der Knall kam konnte Karoline nicht erkennen, denn nun war alles still. Bis auf die lauten und gleichmäßigen Sägetöne vom schnarchenden Xaver. Karoline kletterte ans Ufer, um sich das Boot genauer anzuschauen. Das Glas des Scheinwerfers war zerbrochen. Ansonsten war, soweit sie es in der Dunkelheit sehen konnte, alles in Ordnung. Sie brauchte nur das Boot vom Ufer abzustoßen und konnte sofort weiterfahren.

Doch da durchdrang es sie wie ein scharfer Schnitt, erst mit Macht in ihre Gedärme und anschließend weiter bis in den Kopf. Xaver würde sie prügeln und strafen, wenn er den Schaden sah. Dieses Monster würde über sie herfallen. Er würde sie demütigen. Als blöde und unfähig beschimpfen und dann wieder und wieder mit Gewalt nehmen. Sie würde ihm zu Diensten sein müssen. Wie immer, wenn er sie bestrafte und sich dazu ins Bett legte, die Arme hinter dem Kopf verschränkte, und er würde sagen: „So, nun mach mal." Und dabei zwischen seine Beine deuten. „Zeig dem kleinen Xaver wie du dich entschuldigst, wie du Buße tust." Und sie würde ihn mit dem Mund befriedigen müssen, seinen Samen schlucken, den er ihr bis in den Rachen verspritzte, und sie würde sich ekeln und schämen.

Wie von Geisterhand hochgezogen, richtete sich Karoline gerade auf. „Nein", dachte sie, „jetzt ist Schluss damit. Ich kann das nicht noch einmal ertragen." Sie zog den vollrauschigen Ehemann aus dem Boot und legte ihn ans Ufer. Direkt neben den kleinen

Baum, um den herum die Scherben des Scheinwerfers lagen. Xaver war so betrunken, dass er nichts davon, rein gar nichts bemerkte und weiterschnarchte.

Karoline stieß das Boot vom Ufer ab und sprang hinein. Sie ließ den Motor an und fuhr Stromaufwärts zum Bauernhof der Schwiegermutter. Dort angekommen, ging sie sofort in die Küche, um Feuer zu machen, damit sie nachher die Milchbrötchen auch schön ausbacken konnte. Doch heute wollte es ihr nicht gelingen, in dem großen Herd Feuer zu machen. Er zog einfach nicht richtig, und die Späne verglühten sofort wieder, ohne dass sich ein richtiges Feuer entfachte.

Karoline ging zur Schlafkammer der Schwiegermutter und klopfte laut gegen die Tür.

„Mutter“, rief sie durch die Tür, „der Herd will nicht ziehen, ich krieg kein Feuer in Gang.“

Gehüllt in ein Bodenlanges Nachthemd kam ihre Schwiegermutter, mit zornigem Gesicht, aus ihrer Kammer. „Ja, bist du denn selbst zum Feuermachen zu blöde? Alles muss ich selber machen. So einen Trampel muss mein Xaver heiraten.“ Mit diesen Worten schob sie Karoline unsanft beiseite und stürmte in die Küche. Dort bückte sie sich vor dem Ofenloch und schaute hinein. Schon mit der Absicht, der Schwiegertochter umgehend einen Vortrag zu halten, was sie beim Einschlichten verkehrt gemacht hat. Dazu kam sie jedoch nicht mehr. Als sie so gebückt vor der offenen Ofentür stand, gab ihr Karoline von hinten einen mächtigen Stoß. In diesen legte Karoline all die Demütigungen, die sie die ganzen Jahre hatte ertragen müssen. Ihre Wut und ihre Verzweiflung über das zerstörte, kaputte Leben.

Die Schwiegermutter rumpelte mit dem Kopf voll an die geöffnete Ofentüre. Es gab ein Geräusch als würde ein Knochen brechen. Mit einem dumpfen Aufschlag kam der Körper von Karolines Schwiegermutter direkt vor dem Ofen zum Liegen. Am Boden bildete sich um ihren Kopf eine immer größer werdende Lache aus frischem Blut, das aus der tief klaffenden Wunde, die durch den Aufprall auf die offene Ofentüre entstanden war, hervorsprudelte. Ihre Muskeln zuckten ein wenig. Dann rührte sie sich nicht mehr.

Karoline beobachtete eine halbe Stunde lang, wie die Schwiegermutter ausblutete. In der Riesenpfütze aus Blut, die sich am Boden bildete, sah sie all die Bosheiten und Kränkungen, die sie von dieser Frau erfahren hatte. Und sie schaute zu, wie diese Blutlache langsam durch die Holzbohlen des Küchenbodens versickerte.

Karoline stieg wieder in ihr Boot und fuhr zurück zu der Stelle am Ufer, an der sie auf dem Herweg das Bäumchen havariert und ihren Mann zurückgelassen hatte. Der lag immer noch da, so wie sie ihn abgelegt hatte. Allerdings schnarchte er nicht mehr. Er war blau gefroren und gab kein Lebenszeichen mehr von sich. „Gut so“, dachte Karoline, zog Xaver ein Stückchen tiefer, sodass er mit dem Gesicht im Wasser lag. Jetzt sah es so aus, als hätte der Betrunkene das Boot selber am Ufer auflaufen lassen und wäre vom Aufprall aus dem Boot geschleudert worden. Jeder würde annehmen, dass Xaver zu besoffen war, um aufzustehen.

Bevor sie von Xaver wegging, nahm sie die Tupperschüssel mit dem Teig aus dem Boot. Nein, sie wollte nichts hinterlassen, was sie verraten könnte. Da sah sie, was diesen Knall, der sie so erschreckt und eigentlich alles Folgende ausgelöst hatte, verursacht hatte. Es war der Deckel der Tupperschüssel, der mit lautem Peng von der Schüssel gesprungen war. Ganz so wie das Tupperhefeschüsseln eben machen.

Sie ging den Weg nach Hause zu Fuß zurück. Dabei zog sie ihren Mantel und den Pullover aus, lief oben nackt und zog die eiskalte Nachtluft ganz tief in ihre Lungen. Sie fröstelte, und als sie die drei Kilometer gegangen war, war sie ganz steif gefroren. Angst, jemanden zu begegnen oder gesehen zu werden, brauchte sie um diese Zeit nicht zu haben. Die mit Gift belasteten Fische konnten die Fischer nicht verkaufen, und keiner würde um diese Zeit freiwillig das Haus oder das warme Bett verlassen.

Endlich war sie am Haus angekommen. Noch war keine Zeit, ins Warme zu gehen. Sie zog sich ganz aus und stieg vorsichtig in das eiskalte Wasser der Donau. Anschließend blieb Karoline noch eine halbe Stunde nackt und nass vor dem Haus. Als sie endlich ins Haus ging und sich zu Bett legte, spürte sie schon ihren Hals schmerzen und Hitze aufkommen.

Stunden später wurde sie von lautem Klopfen an der Haustüre geweckt. Fiebrig und kaum fähig ein Wort zu sprechen, weil sie nur noch krächzen konnte mit ihrer schweren Erkältung, öffnete sie die Türe. Draußen stand der Dorfgendarm, der ihr von dem unglücklichen Unfall ihres Mannes berichtete. Gerade als er ihr noch eine zweite schlechte Nachricht mitteilen wollte, brach Karoline zusammen. Nein nicht vor Kummer, wie es die Leute später erzählten, es war das Fieber und die Schwäche durch den Nachtmarsch.

Das ganze Dorf hatte tiefes Mitleid mit der armen Frau, die in einer Nacht ganz unglücklich ihren Mann und ihre Schwiegermutter verloren hatte und dabei selber so krank war.

NATALIE FÜRNROHR

Das Seifenkistentretbootrennen

„Und? Wie weit bist du?" Ich zwang mich zu einem Lächeln und beugte mich über die Konstruktion.

„Die Farbe fehlt noch, aber das Gerüst steht." Mein Mann strahlte mich an. Er deutete auf den hölzernen Bauch. „Das ist das Raffinierte daran, eine Luftkammer. Eberhard und Hansi gehen mit der typischen Bootsform an den Start, aber ich schwimme oben auf dem Wasser. Wie zwei Flöße übereinander, nur mit einer Luftblase dazwischen, verstehst du? So entgehe ich dem Wasserwiderstand. Die anderen pflügen sich mühsam durch die Fluten. Ich schwebe quasi auf der Oberfläche."

„Wenn es funktioniert!", warf ich ein.

„Was heißt hier: wenn?", rief Erich empört. Er strich sanft über das helle Holz. „Es wird funktionieren! Du verstehst davon nichts, also sei still. Ich habe alles genau berechnet. Mit den Einzelheiten brauche ich dich wohl nicht langweilen, nicht wahr, Schatz?" Er zog die Augenbrauen hoch und sah mich über den Brillenrand an. Dann nickte er. „Dachte ich mir."

Ich schloss die Augen, sprach mein Mantra und fragte: „Aber der runde Aufsatz? Wird der Luftwiderstand dich nicht bremsen? Ist ein Floß nicht normalerweise flach?"

Er wiegte den Kopf und schnaufte. „Natürlich wird das ein wenig bremsen, aber zum einen habe ich es ergonomisch geschnitten und zum anderen bewertet die Jury neben dem Tempo auch das Design!"

Ich sah ihn an und wartete.

„Ein Fußball! Siehst du das nicht? Das ist ein Fußball, der auf dem Wasser schwimmt. Man sieht nur die obere Hälfte! Quasi wie bei einem Eisberg. Warte." Er hob ein Bein und balancierte es in die Öffnung an der Oberseite. Dann zog er das Zweite nach und zwängte den Bauch in das Innere. „Siehst du, nur der Kopf und die Schultern schauen raus. Wenn ich will, kann ich mich ganz hinein kauern, meine Haare sind dann eines der schwarzen Felder des Fußballs. Siehst du die Bleistiftstriche auf dem Holz?" Ich nickte.

„Das sind die Felder. Wenn erst der Lack drauf ist, sieht es wirklich aus wie ein treibender Fußball. Damit dürfte mir der Designpreis sicher sein. Wer will das noch toppen? Frau Eberhartiger mit ihrem Schwan? Lächerlich. In der Jury sitzen Männer. Und Männer gucken Sport und nicht Schwanensee! Da muss man kein Psychologe sein, um das zu durchschauen."

Ich gähnte. Zu Beginn unserer Ehe hatte ich immer spaßeshalber gegähnt, wenn mich Erichs Vorträge langweilten. Inzwischen war es zu einem Automatismus geworden. Ich konnte nichts dagegen tun.

„Ja, ich weiß, meine Ausführungen langweilen dich zu Tode. Leider erkenne ich in Ming-Vasen, Tofurezepten und Auqarellzeichnungen nicht den Sinn des Lebens."

Augen zu, drei Mal das Mantra sagen, durchatmen,

Augen auf, lächeln. „Nun, ein halbes Jahr an einem Floß herumzubasteln erscheint mir auch nicht gerade weltbewegend! Alles nur für einen billigen Pokal?“

„Nicht ganz, meine Liebe, nicht ganz!“ Sein breites Gesicht glühte vor Stolz. Er reckte einen Zeigefinger aus der Halbkugel. „Dieses hier ist ein multifunktionales Seifenkistentretboot. Nicht nur selbst entworfen und gebaut, sondern gleichzeitig mit einer Vorrichtung zum Fischefangen ausgestattet.“

Dann folgten die Sätze, bei dem es Klick in meinem Kopf machte, bei dem mein Gehirnkino einen erbaulichen Kurzfilm abspulte. Erich sagte: „Zwischen der Tretkurbel und dem Sitz ist eine Luke, durch die man einen Köder auswerfen kann. Und wenn man genug Bewegung hatte, holt man den Köder ein und grillt sich am Ufer eine leckere Mahlzeit. Wir könnten Ausflüge machen, die Donau runter bis nach ...“

Eine hohle Kammer, eine Luke, die Donau, das Wettrennen. Ich musste Gertrud anrufen, ihr sagen, dass Plan B soeben Plan A abgelöst hatte.

„Wenn ich den Lack jetzt gleich auftrage, ist er bis morgen trocken. Dann fahren wir raus zum Guggenberger See und testen das Boot auf seine Wassertauglichkeit! Du wirst staunen! Und vielleicht kannst du dir sogar eine anerkennende Bemerkung abringen!“, rief mir Erich nach.

Augen zu, Mantra beten, umdrehen.

„Herrgott noch mal, Erich!“ quengelte ich. „Morgen ist Samstag! Der Bazar für die MS-Stiftung! Das habe ich dir tausend Mal gesagt!“

„So ein Schmarrn! Die werden dort auch ohne uns

zurecht kommen. Möchte mal wissen, warum du deine Zeit mit diesem Käse verschwendest!"

„Du kannst dein Schiffchen alleine testen! Bin gespannt, ob es dein Gewicht hält!", zischte ich. Und wenn nicht, muss ich mir nicht die Finger schmutzig machen, ergänzte ich im Geiste.

Heirate nie einen Lehrer, hatte meine Mutter mich gewarnt. Und schon gar nicht den eigenen, hätte sie besser hinzugefügt. In der Schule war ich in Erich verschossen. Mit vierzehn oder fünfzehn. Ein Vierteljahrhundert und eine gescheiterte Ehe später konnte ich meinen Jugendschwarm plötzlich haben. Wer hätte da nicht zugegriffen? Kluge Menschen vielleicht.

Am nächsten Morgen staunte ich nicht schlecht, als Erich um halb sieben aus den Federn sprang und sich selbst versprach, es würde ein wunderbarer Tag werden.

Seit er vor zwei Jahren in Pension gegangen war, hatte ich ihn vor neun Uhr selten zu Gesicht bekommen. Ich blinzelte ein paarmal, grunzte und rollte mich in die Decke. Er sollte sich nicht einbilden, ich würde aufspringen und ein Frühstück oder eine Brotzeit zubereiten. Erstaunlicherweise schien ihm die Vorfreude das Gedächtnis zu erhellen. Den Geräuschen nach zu urteilen fand er Besteck, Teller, Kühlschrank und sogar die Kaffeemaschine. Als die Haustür ins Schloss flog und der Wagen aus der Einfahrt rollte, stand ich auf. Er hatte sogar die Brösel vom Tisch gewischt. Ich hörte sie unter meinen Pantoffeln knirschen.

Nach einer Tasse „Earl Grey" und einem Stück

„Donauwellen"-Kuchen schlüpfte ich in meine Jacke. Kurz vor neun. Gleich musste Gertrud kommen.

Wir verbrachten den Tag im Familienzentrum Regensburg und verscherbelten unsere abgelegten Kleider. Normalerweise hätte ich um jeden Cent gefeilscht – schließlich war es für einen guten Zweck –, doch heute war ich nachsichtig. Sollten sie zahlen, was sie wollten. Hauptsache Erichs Konstruktion erwies sich als wassertauglich. Ein wenig hoffte ich immer noch, die Schicksalsgöttin würde mir die Arbeit abnehmen und Erich im See versenken. Doch als mich Gertrud am späten Nachmittag zu Hause absetzte, stand der Wagen mit dem Anhänger bereits in der Einfahrt.

„Pech gehabt!", grinste Gertrud und schob einen Zimtkaugummi zwischen die roten Lippen.

Ich knurrte und verzog den Mund. „Alles muss frau selber machen!"

Wir lachten. „Dann bleiben wir bei Plan B. Heute abend inszeniere ich den Streit, und du kommst morgen um zehn zum Brunch", sagte ich.

Gertrud nickte und legte den Rückwärtsgang ein. Ich ging an dem halbierten Riesenfußball vorbei ins Haus. Erich sah eine Talkshow im Fernsehen.

„Na, hat das Tretboot dein Gewicht getragen oder hast du es gar nicht versucht?"

„Einwandfrei!" Er starrte auf die Mattscheibe. „Was gibt's zum Abendessen?"

„Ich weiß nicht. Was hast du gekocht?"

Er sprang auf. „Geht das schon wieder los? Immer die selbe Leier! Ich koche nicht!", brüllte er.

„Ja, du kochst nicht und du putzt nicht und du bügelst nicht und du gehst nicht einkaufen!" Ich warf meine Tasche auf den Boden und schmiss die Jacke dazu. „Du sitzt den ganzen Tag zu Hause, während ich mir die Beine hinter der Ladentheke in den Bauch stehe!" Ich konnte die Sätze auswendig. So musste ich mir nicht groß etwas einfallen lassen, um einen Streit zu provozieren. Ich würde noch ein wenig auf den Talk Shows herumhacken, die er als ehemaliger Pädagoge aus Interesse an der menschlichen Natur studierte (ja sicher!). Wenn es ihm zu bunt wurde, stürmte er stets nach nebenan zu Harald. Dort tranken sie, bis Erich irgendwann in der Nacht herüber schlich. Ich fand ihn meistens auf der Couch, manchmal auch davor.

Es lief wie am Schnürchen: Wir hielten uns gegenseitig vor, den Haushalt zu vernachlässigen. Er meinte, ich sollte die Halbtagsstelle aufgeben, seine Pension reiche für unsere Ansprüche. Ich gab zurück, ich möge den Job und sei noch nicht reif fürs Altenteil. Und das war sein wunder Punkt. Wenn ich die 17 Jahre Altersunterschied ins Spiel brachte, flüchtete er zu Harald. Nicht ohne zuvor noch eine meiner Ming-Vasen von der Kommode zu stoßen. Ich schrie auf und wollte ihm nachlaufen, dann fiel mir ein, dass es ohnehin nicht wieder vorkommen würde. Zwar sammelte ich Immitate, aber auch die sind nicht leicht zu finden. Also seufzte ich nur und kehrte die Scherben auf.

Ich sah auf die Uhr. Wir waren ein eingespieltes Team, auch beim Streiten. Es hatte keine zehn Minuten gedauert.

Mit einem Käsebrot und einem Tomatensalat setzte

ich mich auf die Terrasse. Von Haralds Doppelhaushälfte links war nichts zu hören. Wahrscheinlich spielten sie Darts im Keller und tranken. Vor zwei Jahren hatte Haralds Frau Elfriede alles zurück gelassen, was sie sich zusammen aufgebaut hatten. Das zumindest hatte ich noch vergangenen Monat gedacht. Bis zu dem Freitagnachmittag, als ich unseren Kombi raussaugte und Elfriedes Fußkettchen fand. Mit kleinen Türkisen und silbernen Sternen. Sie hatte es nie abgenommen. Ich erinnerte mich, dass ich von Anfang an daran gezweifelt hatte, dass eine Frau wie sie ihre Kleidung, Handtaschen und Schuhe zurückließ, wenn sie ihren Mann verließ.

Als die Sonne hinter den Häusern gegenüber verschwand, begann ich mit den Vorbereitungen. Ich breitete eine Plastikplane über die Couch und den Boden davor. Im Schlafzimmer stopfte ich wahllos die Hälfte von Erichs Unterwäsche, Socken, Hemden, Hosen und zwei Paar Schuhe in einen Plastiksack. Oben drauf legte ich einige meiner alten Blusen, Röcke und Pullover, die ich dafür aufgehoben hatte.

Plötzlich fiel mir ein, dass sich das Rote Kreuz sicher über Unterwäsche und Socken in der Kleiderspende wundern würde. Ich drehte den Beutel um und kippte alles heraus. Sollte ich die Sachen im Bad verbrennen? Eigentlich unnötig, wer wusste schon, wieviele Paar Socken mein Mann besaß. Ich würde sie zurück legen und behaupten, er hätte doppelt so viele gehabt.

Inzwischen war es dunkel. Ich zwängte den Beutel in den Fahrradkorb und radelte von der Neubausiedlung in die Innenstadt zum Roten Kreuz. Den Kleidersack stellte ich vor die Eingangstür.

Haralds Wohnzimmer war hell erleuchtet als ich zurück kam. Anscheinend waren sie mit den Spirituosen vor den Fernseher gezogen. Dann fiel mir auf, dass in unserer Küche ebenfalls das Licht brannte. Mein Herz klopfte. War Erich diesmal früher nach Hause gekommen?

Mein Gehirn ratterte Erklärungen herunter. Die Plane, ja die Plane habe ich hingelegt, weil ich die Wand streichen wollte. Hellgrün. Und die Kleidung? Ach, wolltest du die noch tragen? Die war uralt und verschlissen, Erich. Ich nickte und marschierte direkt in die Küche.

Keiner da. „Erich?" Ich suchte die Wohnung ab, sie war leer. Ich selbst musste das Licht in der Küche angelassen haben. Also zurück zum Plan. Offiziell würde einer der beiden Trolleys fehlen. Keiner wusste, dass ich Gertrude vor Wochen einen geschenkt hatte, da wir sie nie benutzten.

Jetzt blieben nur die Gewichte. Ich schleppte etwa zwei Stunden lang die viereckigen Steine hinter der Garage ins Haus. Sie waren vom Pflastern der Einfahrt übrig. Dann legte ich mich erschöpft in die Badewanne und ging im Geiste meine Checkliste durch.

Ich erwachte kurz nach sechs, mein Herz raste. Lag Erich auf der Couch oder war er ausnahmsweise bei Herbert geblieben? Blöde Zufälle gab es immer wieder. Ich schlich ins Wohnzimmer, und da lag er. Friedlich und leise. Ich hatte bereits früher festgestellt, dass er auf der Couch nie schnarchte, wohl aber im Bett.

„Nicht mehr wichtig!“, murmelte ich.

Ich holte den langen, frisch gespitzten Bleistift vom Telefontisch im Flur, setzte mich auf die Kante des Sofas und rammte den Stift in das rechte Nasenloch nach oben, bis er fast verschwunden war. Nichts passierte, kein Zucken, kein Aufbäumen. Nur die Brust hob sich nicht mehr. Langsam quoll Blut aus der Nase. Ich lief in die Küche und beugte mich über das Spülbecken. Ich sah Martin vor mir, den Klassenkameraden, der sich damals bei der Abiturprüfung den Stift ins Gehirn gebohrt hatte.

Ich hielt meine Hände unter das kalte Wasser und tupfte mir etwas davon ins Gesicht. Dann nahm ich ein kleines Schälmesser aus der Schublade. Aus der Abstellkammer holte ich den Putzeimer und eine Plastiktüte.

Erichs Arm fiel schlaff auf den Boden, als ich ihn anhob. Weder am Handgelenk noch am Hals spürte ich einen Puls. Ich breitete die Tüte im Eimer aus und hielt Erichs Arm darüber. Draußen ging die Sonne auf und beleuchtete das Zimmer mit orangem Licht. Ich schnitt tief der Länge nach in Erichs Handgelenk und ließ den Arm in den Eimer hängen. Dann wusch ich im Bad die Hände und zupfte mir die klebrige Bluse vom Rücken.

Um zehn Uhr klingelte es drei Mal kurz. Gertrud stierte mich an. Ich nickte. Sie riss den Mund auf und schlug schnell die Hand davor. Ich zog sie ins Haus und schloss die Tür.

„Ehrlich?“, flüsterte sie. „Ganz ehrlich?“

Ich nickte erneut und deutete ins Wohnzimmer. Sie

betrachtete ihn eine Weile, dann sagte sie: „Eine gute Idee, das Blut vor dem Zerteilen abzulassen! Das gibt nicht so eine Sauerei im Bad.“

Zusammen trugen wir Erich in die Badewanne. Gertrud zog ein elektronisches Tranchiermesser und eine Geflügelschere aus ihrer Handtasche. Es dauerte länger, als ich gedacht hatte. Gegen Drei verstauten wir das letzte Stückchen Erich zusammen mit einem Pflasterstein in eine Plastiktüte und verschnürten es. Das Saubermachen ging Ruckzuck. Dann kam mein großer Auftritt bei Harald.

Wir veranstalteten ein Riesenspektakel, als wir Erich nicht bei Harald antrafen. Ich hätte der Polizei Erichs Verschwinden mit einem Besuch bei Verwandten in Italien erklärt, doch Harald hatte eine bessere Antwort parat. „Er sagte, er habe sein Leben lang mit dem Kopf gearbeitet, jetzt möchte er mit seinen Händen arbeiten. Holz hacken in Kanada, Trauben ernten in der Toskana, Brunnen bauen in Afrika. Ich dachte, er meint das nicht ernst, aber das Basteln des Tretboots hat ihm neue Perspektiven aufgezeigt. Seit Wochen hat er davon gesprochen, aber seinen bequemen Hintern hat er nicht hochgekriegt. Das er das schafft, hätte ich nicht gedacht. Hut ab!“ Harald nickte anerkennend. „Nur dass er das Seifenkistenrennen nicht abgewartet hat, finde ich merkwürdig. Wo er sich so in die Sache reingehängt hat!“

Gertrud und der besorgte Harald halfen mir am nächsten Sonntag mit dem Riesenfußball. Harald strich ein paar Mal wehmütig über die Seite und wunderte sich erneut, dass Erich eine Woche vor dem Rennen gegangen war. Ich starrte ihn an, weil mir keine Erklärung einfiel. Harald blickte mich mitleidig an, sagte: „Oooch, das wird schon wieder!“ und nahm mich in den Arm.

Auf der Donau schaukelten bereits eine Riesenbanane, der Schwan, ein Raumschiff und zahlreiche unidentifizierbare Objekte. Insgesamt nahmen nur elf Fahrer teil, so dass wir uns in einer Reihe an der Startleine aufstellen konnten. Das kam mir entgegen. Ich hatte befürchtet, ein hinter mir fahrendes Boot könnte meine Ladung zwischen die Tretkurbel kriegen.

Es war nicht einfach, gleichzeitig zu treten und die einzelnen Päckchen zuerst aus der Luftkammer zu holen und durch die Angelluke zu versenken. Gertrud bestätigte hinterher, ich hätte seltsam ausgesehen, wie ich den Oberkörper vor und zurück geworfen hatte. Zum Glück hatten wir alle Pakete mit einer langen Schnur versehen, sonst wäre ich an die hinteren Tüten nicht heran gekommen.

Natürlich trudelte ich als Letzte ins Ziel, doch das störte mich nicht. Der Reporter der „Mittelbayerischen Zeitung“ stellte mir ein paar Fragen und schoss ein Foto von mir und dem Fußball. Ich bekam kaum etwas mit und war erleichtert, dass alles geklappt hatte.

Ob sie mir den Design-Preis nun aus ehrlicher Anerkennung oder als Trost für das langsamste Rennen verliehen, weiß ich nicht. Bei der Siegerehrung freute ich mich wohl ein wenig zu doll, denn Gertrud warf mir einen warnenden Blick zu. Wieder zu Hause stellte ich die Trophäe jedenfalls auf die Kommode zwischen meine schönsten Ming-Vasen.

ANNA CYRUS

Natürliche Selektion

Die Nachricht kam plötzlich: Wir heiraten!

Aber überraschend war sie eigentlich nicht. Thomas und Birgit waren im richtigen Alter, sahen schon länger dem Freundeskreis mit Interesse beim Heiraten zu und diskutierten bei Rotwein unter Freunden die Vor- und Nachteile von 30 Stundenjobs nach der Babypause. Beide waren beruflich erfolgreich: Sie war Ärztin der Neurologie und er Anwalt in einer großen Kanzlei. Er war 36, sie 32.

War der Entschluss erst mal gefasst, ging nun doch alles sehr schnell. Im Januar verkündeten sie die frohe Botschaft.

Irgendwie war nicht ganz klar, ob *er* einen Antrag gemacht hatte, oder *sie* sich einfach eines Tages beim Autofahren entschlossen hatte, dass man jetzt eigentlich auch mal heiraten könnte. Die Hochzeit sollte schon im Mai sein. Birgit war meine beste Freundin, weswegen ich diese bedeutenden Neuigkeiten natürlich mit besonderem Interesse aufnahm.

An einem Samstag wurden alle für dieses Ereignis wichtigen Personen gefragt, ob sie denn an dem bestimmten Tag auch Zeit hätten. Ort, Einladungen etc. standen innerhalb einer Woche.

Birgit und Thomas wollten in Wien heiraten, auf

einem Schiff, das die Donau hinunter fuhr. Ein ganz bestimmtes Schiff musste es außerdem sein, denn die von Friedensreich Hundertwasser gestaltete „MS Vindobona" war ein besonderer Ort für die beiden. Nach Wien ging ihr erster gemeinsamer Kurztrip, und die aus Übermut gebuchte Fahrt „Sound of Johann Strauß" mit den vielen begeisterten amerikanischen Touristen war ein einmaliges Erlebnis. Der Abend muss, trotz der widrigen Umstände, sehr romantisch gewesen sein. Details rückten die Beiden leider nicht raus. Nicht einmal ich als beste Freundin, die sonst fast alle Geschichten kannte, war in die Details des Abends eingeweiht worden.

Wieder eine Woche später gab es die Ringe, Hochzeitskleid und Hochzeitsanzug, Trauzeugen, Organisator und einen Ablaufplan. Die weißen Tauben und die 5-köpfige Band rundeten das Ganze ab.

Eigentlich wunderbar. Die Liebe siegte mal wieder. Alle waren mit Eifer dabei, und die Formalitäten klappten wie am Schnürchen.

Wäre da nicht das komische Gefühl in meinem Bauch, das von den letzten Telefongesprächen mit der Braut und insbesondere von der Präsentation des Brautkleides herrührte.

Das Kleid war ein echtes Schnäppchen und kurzentschlossen eines Wochenendes mit dem Bräutigam gekauft worden. Es war im Schlafzimmer auf einem Kleiderständer drapiert. Ein echter Albtraum aus Spitzen, Schleifchen und Perlchen mit weitem Rock und Schleppe. Ich weiß nicht, ob ich die Puffärmelchen oder die große Schleife am Rücken schlimmer fand.

Birgit war eigentlich eher klein, mit kurzen, lockigen, blonden Haaren, nicht schlank, nicht dick, mit sehr weiblichen Formen.

Das Kleid hing zwar auf einem Ständer, aber ich konnte mir vorstellen, wie es ihre Nachteile perfekt unterstreichen und ihre attraktiven Rundungen kaschieren würde.

Dann kam die Frage, die ich gefürchtet hatte. „Das ist es. Wie findest du es?" Nun lüge ich ungern. Noch weniger gern enttäusche ich allerdings eine Braut, die zu meinen besten Freundinnen zählt.

„Schön. Das steht dir sicher gut", war mein Kompromiss.

Sie zögerte. „Na ja, ist ja nur für einen Tag. Ich hätte nie gedacht, dass ich in einem Prinzessinenkleid heirate."

„Aber viele Frauen sind ganz überrascht, für welches Brautkleid sie sich im Endeffekt entscheiden", warf ich ein. „Schließlich ist man an diese Art von Kleidern sonst einfach nicht gewöhnt." Ich fand, ich schlug mich nicht schlecht.

Birgit meinte: „Mein Vater hat gelacht. Aber Thomas war gleich davon überzeugt, dass er mich in diesem Kleid heiraten wolle, und im Laden haben auch alle gesagt, dass mir das Kleid am Besten stand."

„Ist auch schließlich die Hauptsache, dass du dem Bräutigam gefällst."

„Ist ja auch nur für einen Tag, da gebe ich das Geld lieber für die Feier aus."

Hm. Also Thomas hatte das Kleid ausgesucht. Und mir fiel auf, dass Birgit mit keinem Wort erwähnt hatte, dass ihr das Kleid gefiel. Seltsam. Eigentlich versuchen Bräute nach meinen, auch eigenen, Erfahrungen am Hochzeitstag ihrem Ideal zu entsprechen und das schönste Kleid zu tragen, dass sie sich nur vorstellen können. Und das natürlich auch dem Bräutigam gefällt. Die Verkäuferin im Brautladen sagte bei meinem Brautkleidkauf, dass man immer sieht, welches Kleid wirklich das Traumkleid der Braut ist, weil sie dann schon bei der Anprobe strahlt.

Nun ja, das Strahlen konnte ich mir an der Stelle schwer vorstellen. Wenn Birgit jetzt schon nur „Hauptsache es gefällt Thomas“ sagen konnte.

Das Thema Brautkleid war damit zum Glück erledigt, und wir unterhielten uns nur noch über organisatorische Themen. Die beiden hatten ganz klare Vorstellungen, wie die Hochzeit ablaufen sollte, Freude kam irgendwie nur begrenzt auf.

Diese Atmosphäre beschäftigte mich stark. Schließlich war Birgit eine alte Freundin, und ich wünschte mir, dass sie glücklich wurde. Thomas war eigentlich keine schlechte Wahl. Etwas größer als Birgit, mit strahlenden, lebenslustigen braunen Augen und hellbraunen Haaren. Er war allgemein nicht schlecht gebaut, obwohl seine Freude an gutem Essen sich sicher bald noch mehr auf seinem Bauch niederschlagen würde. Er war sehr nett und sorgte sich wirklich um Birgit. Seine Familie war etwas gewöhnungsbedürftig, besonders der Vater. Auf mich wirkte er nicht besonders intelligent, obwohl er früher mal ein bekannter Professor für angewandte Physik war. Wahrscheinlich hatte er nur einen schlechten Tag, als ich ihn kennenlernte. Er war auch etwas fahrig und ruckartig in seinen Bewegungen. Vielleicht war er auch krank, zumindest japste er nach jedem Schluck Wasser nach Luft.

Aber Birgit wollte schließlich Thomas heiraten und nicht die Familie. Trotzdem nahm dieses seltsame Gefühl, dass an dieser schnellen Hochzeit irgendetwas nicht ganz stimmte, zu.

Dann dämmerte es mir. Die Hochzeit war Mittel zum Zweck! Mir hätte eigentlich schon auffallen müssen, dass Birgit in letzter Zeit ständig von Kindern redete. Sie hatte sich eigentlich nicht entschlossen zu heiraten, sondern Kinder zu bekommen. Und da gehörte das verheiratet sein bei ihr einfach dazu! Als ich sie bei unserem nächsten Treffen darauf ansprach, gab sie den dringenden Kinderwunsch sofort zu.

Diese Erkenntnis beruhigte mich. Das ist schließlich ein guter Grund zu heiraten, auch wenn ich aus anderen Gründen geheiratet hatte.

Die Planungen schritten voran. 100 Gäste würden mindestens kommen, da beide eine große Verwandtschaft und viele Freunde hatten.

Endlich war es soweit. Die katholische Trauung in der kleinen Kapelle an der Donau war zwar etwas lang, aber trotzdem sehr bewegend. Thomas und Birgit strahlten um die Wette. Das Brautkleid stand ihr überraschend gut und sie fühlte sich merklich wohl in der Rolle der Braut.

Danach ging es im Kleinbus in die Stadt zur Anlegestelle der „MS Vindobona“, um das Ereignis angemessen zu feiern. Das Schiff war wirklich sehr schön und die Stimmung gut. Birgit schritt von Tisch zu Tisch und redete mit lang nicht gesehenen Freunden und noch nie gesehenen neuen Verwandten. Die Einlagen der Freunde waren originell, besonders die, in der Birgits Schulfreunde ihre Altgriechisch-Kenntnisse noch einmal abfragten. Damals ging ihr nichts über die Ilias und die griechischen Philosophen. Thomas wurde von seinen Freunden auch in die Mangel genommen und musste das Unternehmen Ehe vor einem strengen Gericht von ehemaligen Kommilitonen verteidigen. Die Stimmung war grandios, und als die Band anfing zu spielen, hielt es bald keinen mehr auf den Sitzen. Thomas tanzte mit Begeisterung, obwohl seine eckigen, etwas unkoordinierten Bewegungen nicht unbedingt einen Schönheitspreis gewonnen hätten. Die Grimassen, die er dabei machte, waren wirklich komisch. Er beschränkte sich nicht auf eine Tanzpartnerin, sondern formierte menuett-artige Tänze mit wechselnden Partnern.

Ich war beruhigt, dass sich all meine Besorgnis in Wohlgefallen aufgelöst hatte. Ich betrachtete die vorbeiziehende Donaulandschaft in der Dämmerung und hörte mit Vergnügen der Unterhaltung von Birgit mit der neu erworbenen Tante Elfriede, der Schwägerin des Brautvaters, zu.

„Guck mal“, seufzte Tante Elfriede, „jetzt tanzt dein frischgebackener Ehemann einen Reigen. Auf meiner Hochzeit haben wir auch so getanzt. Als ich meinen Mann kennenlernte, war er ein begeisterter Tänzer! Aber dann litt er immer an Atemnot und konnte leider nicht mehr. Er starb sogar beim Tanzen! Na ja Kindchen, aber jetzt zu positiveren Dingen. Das ist hier nicht der richtige Ort. Ich hoffe du und Thomas habt eine wunderschöne Zukunft vor euch, mit vielen, vielen Kindern." Birgit grinste zu mir rüber. Typisch alte Tante, schien sie zu sagen. Nur „mein verstorbener Mann" und „Kinderkriegen" als Thema.

Um abzulenken, frotzelte ich: „Und Madame, wie heißt denn Reigen auf Griechisch? Von deinen vorhin zur Schau gestellten Kenntnissen war ich nicht so überzeugt."

„Damit kriegst du mich nicht", lachte sie. „Das ist einfach ‚Choreia', im Volksmund auch Veitstanz!"

In dem Moment stolperte Thomas herbei, nahm einen kräftigen Zug aus dem Wasserglas und verschluckte sich vor lauter Eile so stark, dass er eine Weile weder richtig schlucken noch reden konnte. Ich dachte, seine Ehefrau würde ihm sofort mit ärztlicher Fürsorge beistehen. Als ich aber zu Birgit sah, blicke sie wie versteinert auf Thomas. Erst nach einigen Minuten hatte sie sich wieder gefasst, lächelte etwas gequält, sagte etwas zu dem schon davoneilenden Thomas und wandte sich wieder Tante Elfriede zu. Danach war sie irgendwie nicht mehr so in Feierstimmung. Vielleicht lag das auch daran, dass sie den Rest des Abends bei Tante Elfriede und ihrem neuen Schwiegervater verbrachte. Jedes Mal, wenn ich zwischen dem Tanzen an dem Tisch vorbei kam, ging es um den verstorbenen Ehemann. Ich fand diese Gespräche äußerst unpassend für eine Hochzeit, vor allen Dingen, wenn die Braut eifrig nachfragte.

Später tanzte Birgit dann aber mit einem vergnügten Thomas und beobachtete seine gewagten Tanzschritte lächelnd sehr genau.

Um Mitternacht sah ich die beiden eng aneinandergeschmiegt an der Reling stehen und den Fluss betrachten.

Ich war glücklich. Es war eine gelungene Hochzeit, und ich war mir sicher, dass bald die erste kleine Birgit oder der erste kleine Thomas angekündigt werden sollte.

Aber es kam anders.

Es geschah an einem wie für die Flitterwochen gemachten sonnigen Morgen in ihrem Ferienappartment in der Toskana.

Birgit hatte für ihren Ehemann ein Frühstück bereitet, wie er es liebte. Den Orangensaft presste sie frisch und ließ extra die gesunden Fruchtstückchen im Glas. Der Rest des Frühstücks bestand aus Eiern und Schinken, frischem, knusprigen Brot und natürlich frischem italienischem Kaffee. Zu Hause hatten sie nie so fürstlich gefrühstückt.

Als Thomas als Letztes den Orangensaft trank, verschluckte er sich. Eines der Fruchtstückchen musste ihm im Halse stecken geblieben sein.

Birgit war schon in der Küche und hatte mit dem Abwasch begonnen. Als sie wieder auf die Terrasse kam, um das letzte Geschirr abzuräumen, war es schon zu spät: Thomas war erstickt! Birgit war vollkommen außer sich. Die Nachbarn verständigten auf ihre Schreie hin die Behörden und das Krankenhaus. Glücklicherweise kümmerte sich der gerufene italienische Arzt wohl rührend um sie und erledigte alle Formalitäten mit der Polizei, sodass sie sofort zu ihren Eltern fahren konnte, um den Schock zu verarbeiten.

In der Untersuchung, die seinem Tod folgte, wurde überraschend festgestellt, dass Thomas an Veitstanz „Chorea major Huntington“, einer dominant vererbten Nervenkrankheit litt. Ich habe im Gegensatz zu Birgit wenig Ahnung von Medizin und las daher in einem Medizinlexikon nach. Ich wollte Birgit zur Seite stehen, wo ich nur konnte, und ein bisschen Hintergrundwissen half sicher, sie besser zu trösten. Sie stand verständlicherweise immer noch unter Schock.

Im Lexikon stand, dass der Veitstanz sich in Bewegungsstörungen, Persönlichkeitsveränderung und Demenz äußert. Die Krankheit wird vererbt, sodass jeder, der das defekte Gen besitzt, erkrankt und es auch sicher weitervererbt. Die Krankheit bricht ab dem 35-sten Lebensjahr aus und endet tödlich, obwohl sich der Tod über Jahrzehnte hinziehen kann. Die Erkrankten leiden unter Atemnot, Sprechstörungen und Muskelkontraktionen. Die Betroffenen vermeiden Lebensmittel, an denen man sich leicht verschluckt, da dadurch eine tödliche Atemnot entstehen kann. Das heißt, die gut über ihre Krankheit Aufgeklärten vermeiden das.

Mir fiel unser griechisches Wortspiel und Birgits versteinertes Gesicht auf der Hochzeit wieder ein. Und ihr Drang nach einer großen und gesunden Familie.

Mir wurde schlecht.

KILMI NAU

„Donauwellen“

Ich bin Ingenieur, Maschinenbauer. Mit dreißig Jahren Berufserfahrung. Ich bin aber keiner von denen, die diesen Beruf am Schreibtisch erledigen! Im Service-Einsatz war ich, auf Montage, auf Bohrinseln habe ich gearbeitet. Und es war immer schon meine wichtigste Fähigkeit, dass ich Dinge habe kommen sehen.

Wenn man auf sich gestellt ist, mit einer Aufgabe ringt, nicht mal eben im Materiallager in die Ersatzteilkiste greifen kann, dann weiß man, wie wichtig es ist, dass man Dinge kommen sieht. Wenn ich fünf Schmierstellen kontrollieren muss und eine davon ist trockener als die anderen, dann sagt mir das was! Dass ich genauer hinsehen muss! Dass da was nicht stimmen kann! Besser, man behebt Fehler rechtzeitig, als dass hinterher alles hinüber ist und man richtige Probleme bekommt.

Vielleicht ist das Beispiel nicht so gut, aber das ist jetzt wirklich nicht mehr wichtig. Menschen kann ich nun mal nur vor den Kopf sehen. Ich gehöre nicht zu denen, die anderen in die Seele schauen können. Inzwischen bedauere ich, dass ich es nicht kann. Weil es nämlich nicht um meine Arbeit geht, sondern um mein Leben. Darum, wie es mir allmählich entgleist ist und darum, wie ich es mir neu einrichten muss. Dass meine Arbeit in gewisser Weise damit zu tun hat, ist nach dreißig Jahren im Job nicht so ungewöhnlich. Dass aber dieser verdammte Fluss letztlich an allem Schuld ist, nimmt sich irgendwie lächerlich aus.

Donau! Was ist schon die Donau! Keine Bohrinseln weit und breit. Kein Meer, keine Küste!

Ich stamme von Butjadingen, das ist gleich bei Bremerhaven, und das ist Meer pur. Und Seewind. Und weites Land vor dem weiten Meer. Ich habe immer davon geträumt, eines Tages dorthin zurück zu kehren. Dort werde ich mein Leben beschließen, dachte ich. Auch Marlene hatte nie Einwände dagegen.

Wenn ich, so wie jetzt, Marlene vor Augen habe, dann bricht mir das Herz. Sie ist so unerreichbar weit entfernt. Und trotzdem scheint sie mir noch zuzuwinken!

Der Blick von hier oben aus über den Fluss bis hinüber zum Kloster Weltenburg war von allen Orten, die wir in den letzten Jahren an der Donau kennen gelernt haben, wohl ihr besonderer Lieblingsplatz.

Während ich hier oben stehe, ohne sie, ihren Tod in aller grausamen Klarheit vor Augen, während ich über den Fluss schaue und der Regen mir schrecklich kalt in den Nacken läuft, glaube ich beinahe, ich kann ein wenig von ihrer Begeisterung nachempfinden. Aber ganz sicher hat sie dazu auch wieder ihre ganz eigene Ansicht.

Das war nicht immer so.

Marlene und ich waren nämlich ein harmonisches Paar, zwei Menschen, die sich ohne große Worte verstanden. Es mussten auch nicht viele Worte sein. Alles war so klar, so einleuchtend, so gut und so sinnvoll in unserem Leben. Sicher fehlten ihr ein oder zwei Kinder zu ihrem Glück, aber das hatte nicht sein sollen, und wir konnten gemeinsam damit leben, uns anderen Dingen zuwenden, unser Leben neu orientieren. Alles andere war gut. Wie gesagt, wir waren ein gut zueinander passendes Paar.

Rein äußerlich galt Marlene als eine gut aussehende Frau. Für mich war diese Frau mit der göttlichen Figur und den strahlend grünen Augen der Traum meines Lebens. Ich gelte als stattlich und gut gewachsen, und Marlene liebte an mir meine Ruhe, meine Ausgeglichenheit und meine Verlässlichkeit. Sie genoss es, dass ich sie auf Händen trug, und ich würde sagen, eine süßere Last konnte es nicht geben auf der Welt.

Dass Marlene auch eine lebensbejahende Frau war mit einer großen inneren Kraft, habe ich erst im Laufe der Jahre sehen gelernt. Als die Ehen meiner Kollegen in Streit, Hass oder Gleichgültigkeit endeten, konnte ich immer noch nach Hause kommen und mich in den Armen meiner Frau erholen.

Ich kam weit in der Welt herum in all den Jahren, habe mich auf Montage fast durch das ganze Alphabet der Länder gearbeitet von A wie Arabien bis V wie Venezuela. Natürlich blieb es nicht aus, dass wir wenige gemeinsame Freunde hatten.

Diese Freunde und auch meine Leute daheim sagten natürlich immer mal wieder, dass Marlene und ich gar nicht genug Zeit miteinander verbringen würden, um ernsthaft in Streit zu geraten. Das mag gar nicht so falsch gewesen sein. Ich glaube, ich sehe jetzt deutlich, wie sie um ihr Leben kämpft.

Aber ich muss lernen, mich davon zu befreien und mit der Endgültigkeit des Schicksals zu leben! Ich muss stark sein!

Nie haben wir daran gezweifelt, dass wir gemeinsam alt werden. Dass wir gemeinsam die Zeit genießen und die Dinge, die uns wichtig sind. Wir hatten Pläne, wir wollten reisen, nicht durch die Welt, sondern durchs Land. Uns daran erfreuen, dass es so einfach sein kann, das Leben, so wohl organisiert und dass es immer nur ein paar Stunden sein würden bis nach Hause. Natürlich bedeutete mir das ein wenig mehr als ihr.

Seit wir uns kannten lebten wir im Norden des Ruhrgebietes, und Marlene arbeitete als Krankenschwester keine dreißig Minuten von unserem Haus entfernt. Ihr Leben war regelmäßig, ohne große Höhen und Tiefen. Sie sagte, wenn man tagtäglich mit Kranken umgeht, mit Menschen, die um ihr Leben kämpfen müssen, um jeden Atemzug, mit Menschen, die nie wissen, ob sie den Kampf gewinnen oder auch verlieren werden, dann braucht man kein abenteuerliches Leben. Sie war eine so angenehm sachliche Frau. Natürlich war ihre Arbeit auch anstrengend. Schichtdienst!

Sie hat nie das Bedürfnis verspürt, ihre vertraute Umgebung oder gar das Land zu verlassen. Wie habe ich gelacht, als sie bei unserem ersten Urlaub auf Mallorca aus Flugangst tagelang nicht schlafen konnte! Wie habe ich sie trösten müssen! Und wie erleichtert war sie, dass sie nicht an meiner Stelle durch die Welt reisen musste!

Ich bin weit genug herum gekommen. Ich brauchte nicht die Welt zu sehen, und ich brauchte sie meiner Frau auch nicht zu zeigen, weil Marlene nach dem Mallorca-Urlaub kein Interesse mehr an Fernreisen zeigte. Sie wollte Deutschland kennen lernen. Wir hatten natürlich auch über kleine Ausflüge in die Nachbarländer gesprochen, über größere Ausflüge vielleicht, wenn ich in den Ruhestand gehe. So weit wäre es jetzt ja bald.

Wieder sehe ich Marlene. Wie sie sich von mir entfernt. Die Nähe zwischen ihr und mir jäh unterbrochen! Auch sie musste um ihr Leben kämpfen, um jeden Atemzug. Sie wusste sicher vom ersten Moment an, wie es für sie ausgehen wird.

Nicht, dass ich das alles nicht hätte kommen sehen. Ich habe einen Blick für die kleinen Abweichungen. So lange wir unser Haus abbezahlten, machten wir ruhigen und preiswerten Urlaub auf Butjadingen. Ich habe da noch Familie. Auch unseren Alterssitz auf Butjadingen haben wir gemeinsam ausgesucht, renoviert, ausgebaut und verschönert. Ich hatte dafür natürlich mehr Zeit als sie, denn wenn man auf Montage ist oder auch durch die Arbeit auf der Bohrinsel, hat man zusätzlich zum Urlaub Anspruch auf mehrere Wochen Freizeitausgleich. Marlene hatte nur ein paar Wochen Urlaub im Jahr.

Sobald wir schuldenfrei waren und uns ein kleines Sicherheitspolster angelegt hatten, gönnten wir uns den misslungenen Mallorca-Urlaub. Danach teilten wir Marlenes Urlaubwochen ein. Im Frühjahr verbrachten wir unsere Zeit auf Butjadingen, im Spätsommer, gleich nach den lästigen Schulferien, reisten wir dann gen Süden.

Wir hatten Pläne gemacht, uns die Regionen, in denen wir uns umsehen wollten, in der Reihenfolge ihrer Wichtigkeit aufgeschrieben. Jahr für Jahr wollten wir entscheiden, ob wir diese Reihenfolge beibehalten wollten oder ob uns ein Ferienziel wichtiger geworden war als die anderen und wir es vorziehen sollten. Ich bin flexibel. Ich musste es für meine Arbeit immer sein.

Mir war lange nicht klar, dass ich das wirklich erste Anzeichen für unser Verderben tatsächlich nicht erkannt habe. Vor vier Jahren kamen wir, weil es nach Plan dran war, nach Passau und an die Donau. Wir hatten zwei erholsame Wochen, und das Wetter war meist freundlich. Regentage muss man schon suchen in diesem Landstrich! Marlene und ich streiften planlos durch die umliegenden Orte, wanderten durch Wälder und über Hügel, saßen in Biergärten, kehrten in Gasthöfen ein, besuchten Kirchen und Kapellen und ich genoss, vielleicht ein wenig unaufmerksam, die Erinnerungen an meine eigene Studentenzeit.

Dass Marlene stundenlang an der Donau entlang ging oder einfach nur da saß und auf die vorbeiziehenden Wasser sah, nahm ich damals als ein Zeichen dafür, dass auch sie sich nach dem Wasser sehnte, dem Meer, nach Wolken, Wind und Wellen.

Es erstaunte mich deshalb, dass meine nüchterne, sachliche Marlene, kaum dass wir heim gekehrt waren, begann, von Blumenpracht zu schwärmen, von Kästen mit Hängegeranien, die sie im nächsten Sommer bepflanzen und auf die Fensterbänke stellen wollte.

Im folgenden Jahr hatten wir für den Spätsommer die Bretagne auf dem Plan, aber Marlene wollte an, den Starnberger See. Den Ammersee sahen wir uns an, und einen Ausflug zum Chiemsee wollte sie ebenfalls nicht missen. Unsere Rückfahrt traten wir zwei Tage früher an, als geplant war. Dafür machten wir auf der Rückreise Station in Ulm und fuhren Donau aufwärts bis nach Donaueschingen. Dort hätten wir die erste wirkliche Unstimmigkeit ausräumen können, aber – mein Fehler – ich vertraute darauf, dass es ausreichen würde, wieder nach Hause zu fahren und dass der Spuk damit ein Ende fände. Wie im Vorjahr die Geraniengeschichte.

Marlene hatte diesmal mehr Urlaubsfotos als sonst gemacht, und diejenigen, die an der Donau entstanden waren, hängte sie nun geografisch sortiert an die freie Wand im Gästezimmer. Mir fiel auf, dass sie in diesem Zimmer mehr Zeit verbrachte als bisher. Als ich sie fragte, was genau sie so verträumt vor den Bildern stehen ließ, sagte sie in ihrer wortkargen Weise nur die Donauwellen und mehr nicht.

Aber in ihrem Kopf muss sich weitaus mehr abgespielt haben, als sie mich merken ließ. Im folgenden Frühjahr, unserem Urlaub auf Butjadingen, fielen ihre ersten Bemerkungen über die backsteinernen Häuser, und sie fragte mich tatsächlich, ob man die Mauern unseres Häuschens verputzen und in einer freundlichen Farbe anstreichen könnte. Ihre Versuche, Geranien in Töpfen zu ziehen, musste Marlene aufgeben, weil es noch zu früh dafür war, der Wind die kümmerlichen Triebe beutelte und sie ohnehin nach unserer Abreise vertrocknen würden.

Ich hatte beinahe schon geahnt, dass unsere Spätsommerpläne sich wieder ändern würden, und ich wollte Marlene gewähren lassen, um diesmal herauszufinden, was genau in ihr vorging. Bis auf wenige, unauffällig gestellte Fragen, auf die ich ein paar einsilbige Antworten erhielt, hatte ich keinen Versuch gemacht, Marlene zu einer Erklärung zu nötigen. Tatsächlich verbrachten wir diesmal die für sie kostbarsten Wochen des Jahres in der Umgebung von Regensburg. Wieder durchstreiften wir unzählige kleine Orte, deren Blumenpracht mir ins Auge stach, kehrten an unendlich vielen Stellen ein, um ein wenig Beschaulichkeit zu genießen und wanderten immer wieder an der Donau entlang. Wir sahen die Walhalla und erstmals den Donaudurchbruch mit dem Kloster Weltenburg. Das Kloster, darauf bestand Marlene, wollte sie auch vom gegenüberliegenden Ufer aus aufnehmen und aus der Höhe bestaunen. In diesen Anblick verliebte sie sich rettungslos. Nach allem, was ich jetzt weiß, wollte sie auch in mir ganz allmählich Liebe für diese Landschaft wecken. Damals wunderte ich mich darüber, dass sie über ihre Leidenschaft, denn das war es eindeutig, nicht ein einziges Wort verlor. Hätte sie es doch nur ausgesprochen, ich hätte ihr erklären können, dass jeder Versuch sinnlos war! In all den langen Jahren draußen in der Welt wollte ich immer nur nach Butjadingen zurück! Kann ich das ändern?

Wieder verbrachte Marlene viel Zeit damit, nur auf den Fluss zu starren. Zusätzlich beschaffte sie sich Bücher über die Donau, und wenn sie auch den wirklichen Fluss genau vor sich sah, musste sie nun sogar abends im Hotel ihre Nase in die Bücher stecken und nachlesen, was die an ihr vorüber plätschernden Donauwellen erwartete, ehe sie schließlich im Schwarzen Meer verschwinden würden.

Einmal sagte sie, sie möchte gerne mit dem Fluss ins Schwarze Meer reisen. Ich verschwieg mühsam beherrscht, dass ich keine Lust verspürte, sie auf einer solchen Fahrt zu begleiten.

Wo sie ging und stand machte sie Fotos. Immer wieder einmal bat sie mich, aus dem Bildausschnitt zu treten.

Diese Landschaftsaufnahmen hängte sie später an die Wand im Gästezimmer. Allmählich ergab sich daraus ein klares Bild des Donautals. Von meinem augenblicklichen Standpunkt aus habe ich die Schleife der Donau in ihrer ganzen Länge vor Augen. Ein solches Foto fehlt natürlich in ihrer Sammlung. Wahrscheinlich würde sie es früher oder später geknipst haben.

Wie ungeschickt – im Nachhinein betrachtet – doch ihre Versuche waren, mich mit der Donau vertraut zu machen! Ich merkte nicht einmal, worum es ging!

Als es Herbst wurde, begann Marlene, die Nachmittage mit heißen Getränken und Kuchen zu verschönen. „Donauwellen“ backte sie. Es war eine Fertigpackung aus dem Supermarkt, an der sie sich drei oder vier Mal versuchte. Bei kaltem Wetter ziehe ich einen guten kräftigen Tee vor. Kuchen, Schokolade und besonders diese Creme-Masse stellten meine Beherrschung auf eine sehr harte Probe. In jenem Winter – oder vielmehr nach einem der heftigen Herbststürme – hatten wir eine heftige Auseinandersetzung über den Begriff Wellen. Dass unser Häuschen wie durch ein Wunder keinen Schaden genommen hatte, interessierte Marlene nicht.

Dadurch wurde mir klar, dass es ihr gar nicht darum ging, unser Leben zwischen Butjadingen und der Donau zu teilen. Damit hätte ich vielleicht leben können. Nein, dazu gab es zu viele Heimlichkeiten! Es ging ihr wahrscheinlich um ein Entweder-Oder – und das mit einer Ausschließlichkeit, die ich ihr gar nicht zugetraut hätte.

Selbst in diesem bedenklichen Stadium führten wir kein wirklich ehrliches Gespräch über unsere weiteren Lebenspläne. Marlene lächelte vielleicht etwas häufiger als früher. Deshalb würde auch niemand sagen, unsere Beziehung sei belastet gewesen, es habe vielleicht sogar gekriselt zwischen uns. Aber mir wurde klar, dass ich gewissermaßen eine trockene Schmierstelle vor mir hatte. Leider sind trockene Schmierstellen an einer Maschine und die unausgesprochenen Gedanken einer Ehefrau zwei völlig verschiedene Dinge. Vielleicht habe ich die Bedeutung ihres Verhaltens zu leichtfertig und voreilig gedeutet.

Marlene ging ihrer Beschäftigung nach, wie sie es immer getan hatte. Ich ebenfalls. Unser Leben schien sich in alten Bahnen zu bewegen. Dann und wann trafen allerdings Briefsendungen ein, denen sie Urlaubsprospekte entnahm. Alles blieb offen liegen, sodass ich, wenn ich wieder einmal zu Hause war, mich jederzeit über den Stand der Dinge informieren konnte. Welcher Dinge? Leider kann ich das auch jetzt noch nicht sagen.

Marlene kochte sich die bayerischen, schwäbischen und österreichischen Speisekarten hinauf und hinunter. Nach Weihnachten gab es auch wieder „Donauwellen", diesmal sogar nach eigenem Rezept gebacken. Das war schlimmer als die Kuchenmischung.

Zum ersten Mal in unserer Ehe versuchte ich, nicht länger gebannt auf die trockene Schmierstelle zu starren oder nachzuschmieren, nein, ich versuchte, den kaputten Mechanismus zu korrigieren. Deshalb schlug ich Marlene vor, dass wir diesmal gemeinsam den Frühjahrsurlaub an der Donau verbringen sollten. Wenn sie die Landschaft ohne die sommerliche Blumenpracht und die leuchtenden Farben von Häusern und roten Schindeldächern sah, würden sich ihr die Augen öffnen.

Unglücklicherweise muss sie mich missverstanden haben. Sie hielt meinen Versuch, ihr die Kehrseite der Medaille zu zeigen, für eine Zustimmung meinerseits und strahlte vor Begeisterung. Mehrmals in der ersten Woche verschwand sie für ein paar Stunden in der Begleitung eines Mannes, der sie mit Bildmaterial und wichtigen Papieren gut versorgt wieder am Hotel absetzte. Sie sagte, er sei vom Tourismusbüro und war äußerst zufrieden.

Auch das Wetter spielte nicht in meinem Sinne mit. Obstbäume blühten und tauchten die Landschaft in Farben. Marlene fand kaum Worte. Frühlingsblumen blühten in den Blumenkästen, und wenn möglich sahen auch die bunten Hauswände in der milden Frühlingssonne noch ein wenig strahlender aus. Vielleicht waren sie auch nur für die Touristensaison neu gestrichen worden. Dass das frühlingsfrische Grün angenehm fürs Auge ist, braucht mir niemand zu sagen. „Lieblich" wurde Marlenes Lieblingswort. Am zweithäufigsten sagte sie „entzückend", gefolgt von „reizend".

Es reizte mich tatsächlich. Weil der Frühjahrsurlaub drei Wochen dauert, verließ mich schließlich der Mut. Vielleicht war es auch pure Wut darüber, dass meine Motive missverstanden, meine Wünsche ignoriert, meine Pläne zerstört werden sollten. Würde sie vorschlagen, unser Häuschen auf Butjadingen zu verkaufen, um damit ein Haus im Donautal kaufen zu können?

In meiner höchsten Verzweiflung sah ich keine andere Möglichkeit, als die schadhafte Schmierstelle umgehend zu entfernen. Meistens bewahren einen solche tiefgreifenden Notmaßnahmen vor dem Schlimmsten.

Ich hatte eigentlich Glück damit, dass es gerade heute ergiebige Regenschauer gab. Keine Saison, keine Touristen, keine Zeugen. Und Marlene war es völlig gleichgültig, wie das Wetter war. Hauptsache, sie hatte Gelegenheit, auf ihren Lieblingsplatz hinunter zu sehen – den Donaudurchbruch und das Kloster Weltenburg.

Wenn ich auch nur den kleinsten Zweifel in meinem Entschluss gehabt hätte, Marlenes Heimlichtuerei sagte mir, dass ich mich für die beste aller Maßnahmen entschieden hatte. Irgendetwas hatte sie unauffällig unter ihren Pullover gesteckt. Mir war das A4-Format nicht entgangen, und ich wollte kaum glauben, dass sie so weit gegangen war, die Sache bis zur Vertragsreife zu treiben, ohne mit mir auch nur ein Wort darüber zu sprechen.

Sie folgte mir freiwillig. Ich musste sie nur noch genau über den Prallhang gleich oben über der ersten Biegung des Flusses lotsen, wo die Donau mit aller Macht am steinigen Steilufer wütet und es tatsächlich fertig bringt, ein paar Wellen zu bilden.

Marlene war immer noch eine wohlproportionierte Frau. Ehe sie es zuließ, dass ich sie mit der gewohnten Leichtigkeit auf meinen Händen trug, zog sie den Umschlag unter ihrem Pullover hervor. Weil eine gewisse Wehmut wohl in meinem Gesicht zu lesen war, mag sie anderes erwartet haben. Der Jurakalk ist leicht brüchig, wenn man zu nahe an den Rand geht. Jahrtausendelang hat die Donau ihn ausgewaschen und dieses Szenario vorbereitet, das ich nun für meine Zwecke nutzte.

Ich trug Marlene an den Abgrund. Zum Bitten blieb ihr so wenig Zeit wie zum Begreifen. Ihre letzten Worte an mich wurden ein Schrei, dann war es still. Der Rest war Sache der Donau.

Wie lange stehe ich schon hier und sinniere? Eine halbe Stunde? Hat Marlene noch gelebt, als sie unten ins Wasser fiel? War das, was ich gesehen habe, wirklich ein Winken ihrer Hand? Oder haben die Donauwellen nur mit ihrem toten Körper gespielt? Dass sie drüben am nächsten Prallhang vorbei trieb, mag wohl auch schon fünf Minuten her sein. Man hat das von hier oben aus ja alles deutlich vor Augen. Ob Marlenes Wunsch sich erfüllt, mit der Donau zum Schwarzen Meer zu reisen?

Der Umschlag, der ihr aus den Händen geglitten war, enthält ein paar fertige Werbeprospekte. „Donauwellen" wollte sie das kleine Lokal nennen, das sie in Butjadingen eröffnen wollte. Die Speisekarte hatte sie schon fertig entworfen. Die Landschaftsaufnahmen sind ihr wirklich gut gelungen, die Liste der Häuser, in denen Privatpensionen auf Gäste warten, ist erstaunlich lang.

Es gibt auch Prospekte für Kurzurlaub in der Pension „Donauwellen" in Butjadingen.

Sieht so aus, als hätte ich einen Fehler gemacht. Als ich noch auf Montage war, ist es mir einmal passiert, dass ich eine Reparatur so richtig in den Sand gesetzt habe. Totalschaden. Eigentlich. Habe ich aber, wenn ich mich richtig erinnere, irgendwie wieder hin gebogen, oder ...?

NATALIE FÜRNROHR

„Donau-Theater“

„Claus, beweg’ deinen Hintern und komm’ auf die Party! Sofort!“, zischte sie wütend. „Alle wichtigen Leute sind hier! Was zum Teufel ist los mit dir?“ Sie sog hörbar die Luft ein, und Claus wusste, wie viel Selbstbeherrschung es sie kostete, ihm nicht einige der weniger freundlichen Ausdrücke in ihrem Vokabular an den Kopf zu werfen. Ein Produzent oder ein potentieller Sponsor musste sich in der Nähe aufhalten, sonst hätte sie kein Blatt vor den Mund genommen.

„Du verpasst deine letzte Chance, und das werde ich nicht mit ansehen. Bergab gehts von alleine, wie du weißt, aber bergauf kann nur ich dir helfen, du musst aber dazu beitragen! Also entweder stehst du hier in zehn Minuten auf der Matte oder ich bin deine Agentin *gewesen*!“, drohte sie und knallte den Hörer auf die Gabel, noch bevor ihm eine passende Ausrede eingefallen war.

Den Hörer in der Hand wartete er noch einen Augenblick, bis ihre schneidende Stimme in seinem Ohr verklungen war. Dann legte er auf und schlenderte zur Hausbar. Langsam goss er Wodka, Kahlua und Milch in ein Glas und nippte ein paarmal. Nein, er würde nicht auf diese Party gehen! Das fehlte ihm gerade noch, die arrogante Bande mit ihren mitleidigen Blicken und dem Getuschel hinter seinem Rücken! „Oh, sieh mal, der dort drüben ist Claus Pillow. Erinnerst du dich? Er inszenierte ‚Warten auf Godot'. Ein totales Fiasko. Seitdem hat man nichts mehr von ihm gesehen." Dem Geschnatter wollte er sich nicht aussetzen.

Seit Monaten hatte er kein Angebot mehr bekommen. Warum sollte sich das ausgerechnet heute ändern? Plötzlich erinnerte er sich an den Traum vom Erfolg, den er über Jahre hinweg für die unausweichliche Konsequenz seines Tuns gehalten hatte. Die Hoffnung auf eine umjubelte Inszenierung am Staatstheater. Wie lächerlich und unreif ihm das mit einem Mal erschien. Jetzt wünschte er sich, er hätte sich zum Schreiner oder Versicherungsvertreter ausbilden lassen. Keinen Gedanken müsste er verschwenden an unbezahlte Rechnungen oder aufdringliche Agentinnen. Er könnte sich stattdessen jedes Stück in der Stadt ansehen, ohne dabei ständig an den eigenen Misserfolg erinnert zu werden.

Vielleicht sollte er alle Brücken in Regensburg abbrechen und im Norden einen Neuanfang wagen? Susanne hatte entschlossen geklungen. Mit ihr war nicht zu spaßen, wenn es um ein gutes Geschäft ging. Wer weiß, vielleicht hatte sie wirklich eine neue Quelle aufgetan? Doch wozu? Er hatte keine Kraft mehr. Die Luft war raus. Er hing wie ein ausgetrudelter Luftballon auf seiner Couch.

Schließlich gab er sich einen Ruck. Womöglich tauchte eine vor Wut schäumende Susanne in seinem Apartment auf und beschuldigte ihn, sich gehen zu lassen, in Selbstmitleid zu versinken, ein fauler Hund zu sein und sich keinen Deut um andere zu scheren. Diesem Vortrag musste er entkommen. Er beschloss, sich im „Irish Pub“ an der Donau über den Tresen zu hängen und das Kapitel „Claus Pillow – Der junge Starregisseur“ endgültig abzuhaken.

Als er den Mantel überzog, fiel sein Blick auf die Kommode, auf der sich früher die Angebote und Einladungen gestapelt hatten. Seit Wochen vegetierten dort Rechnungen und Anzeigenblätter vor sich hin. Ein Flyer stach ihm ins Auge: „Donau-Theater“. Der Tourismusverband Regensburg und die studentische Schauspieltruppe der Universität gaben „Maria Stuart“. Er erinnerte sich, eine Ankündigung in der „Mittelbayerischen Zeitung“ gelesen zu haben. Die Aufführung fand auf einem Ausflugsschiff statt, und zwar heute, wie er zufrieden feststellte. Er steckte den Flyer in die Manteltasche und zog die Tür hinter sich ins Schloss.

Draußen sank die Sonne zu Boden, ein Stadtbus holperte über das Kopfsteinpflaster und nebelte ihn in eine blaue Wolke. Plötzlich verspürte er tiefes Grummeln im Magen. Über die „Steinerne Brücke“ gelangte er zu seinem Stamm-Chinesen. Der Schnellimbiss befand sich im Stadtteil „Stadt-am-Hof“. Zwei Arme der Donau umklammerten die Insel mitten in Regensburg.

Er schlang das vegetarische „Chop Suey“ hinunter und lief zurück über die Brücke zur Anlegestelle. Das Konzept des „Donau-Theaters“ schien den Einheimischen und den Touristen zu gefallen. Etwa vierzig Personen warteten auf den Einlass. Ein junger Mann entfernte das Seil, das den Steg zum Schiff abgesperrt hatte. Die Menschentraube schob sich langsam an Deck des Ausflugkahns und verteilte sich auf den Stuhlreihen. Claus zog einen 5-Euro-Schein aus der Brieftasche und erhielt eine Eintrittskarte. Zahlreiche Scheinwerfer erhellten das Deck. Die meisten Stühle waren besetzt oder reserviert. Mit Mühe fand er einen freien Platz links außen in der ersten Reihe. Die Dämmerung verabschiedete sich, und eine kühle Sommerbrise zog auf.

„Herzlich Willkommen", sprach eine weiche Stimme neben ihm. Eine blasse Frau mittleren Alters streckte ihm eine schmale Hand entgegen. „Mein Name ist Dorothee Neubauer. Ich habe die Veranstaltung ins Leben gerufen. Ich freue mich, dass Sie gekommen sind. Haben Sie eine besondere Affinität zum Theater?"

Claus nickte überrascht. „Ja, ich habe mich selbst ein wenig in der Branche versucht."

„Ach ja?" Sie drehte ihm den Oberkörper zu und sah ihn interessiert an. „In welcher Hinsicht?"

Claus zündete sich eine Zigarette an und erzählte von den erfolgreichen Anfängen, das Ende verschwieg er.

Plötzlich ertönte ein Gong, und langsam kehrte Stille ein. Der Vorhang hob sich.

Die Akteure spielten ohne Unterbrechung, und als der Vorhang fiel, brach ein tosender Applaus los. Nur langsam begann Claus seine Umgebung wieder wahrzunehmen. Die Aufführung hatte ihn völlig gefangen genommen. Frau Neubauer war tränenüberströmt aufgesprungen und klatschte frenetisch.

„Überwältigend! Und so ... echt!“, stammelte sie. Sie blickte verwirrt um sich, so als wüsste sie nicht, wo sie sich befand.

„Phantastisch! Einfach großartig! Das war mit Abstand die hervorragendste Inszenierung von ‚Maria Stuart‘, die ich je gesehen habe! Einfach unglaublich!“, rief Claus ihr zu. „Ich muss unbedingt mit dem Regisseur und den Schauspielern sprechen, Frau Neubauer! Meinen Sie, ich kann einfach nach vorne gehen?“ Er musste die Menschen, die so Unglaubliches geleistet hatten, leibhaftig vor sich sehen. Er würde sonst glauben, alles sei nur ein Traum gewesen.

„Aber natürlich. Mein Mann wird sich freuen. Sagen Sie ihm, ich habe Sie geschickt. Dort an der Seite finden Sie die Treppe nach unten zum Umkleideraum.“ Sie deutet schlaksig nach rechts.

Claus bahnte sich einen Weg zwischen den Zuschauern, die in den hinteren Teil zum Ausgang des Schiffs strömten. Die Bühne hinter dem Vorhang war leer. Als er die schmalen Stufen hinab stieg, eilte ein rotgesichtiger Mann auf ihn zu.

„Sie saßen neben meiner Frau, nicht wahr? Ich bin Georg, der Regisseur.“

„Guten Tag, Georg. Claus Pillow, ich mache ebenfalls Theater.“ Sie schüttelten die Hände.

„Es ist mir eine Ehre!“ Georg legte Claus die Hand auf die Schulter und blickte ihn durchdringend an. Nach einer kurzen Pause fragte er: „Wie fanden Sie es?“

„Ich finde kaum die richtigen Worte, Georg ... es war einfach großartig! Ohne übertreiben zu wollen, das war das Beste, was ich jemals gesehen habe! Das ist mein voller Ernst!“

Georg strahlte und drückte Claus die Hand. „Danke. Danke vielmals! Ich wusste es. Das Lob gilt nicht nur mir allein ...“

„Ja, natürlich. Die Schauspieler und Schauspielerinnen waren hervorragend! Ein eingespieltes Team, vermute ich. Man konnte die Spannung förmlich mit den Händen greifen. Alle Emotionen waren so ...“

„... real?“

„Ja, ganz genau! Wenn ich ehrlich sein soll, ein derartig erstklassiges Ensemble hätte ich nicht erwartet.“

„Schon gut, das dachte ich mir. Ich freue mich, dass so viele Menschen in der Region Interesse an meiner Arbeit zeigen. Wenn man bedenkt, welches Risiko ich eingegangen bin, nicht ein einziges Mal zu proben ... Das hätte genauso gut in die Hose gehen können.“

Claus hielt inne. Hatte er richtig gehört? „Wie bitte? Sie behaupten, Sie hätten das Stück niemals geprobt? Das kann doch nicht wahr sein!“, rief er ungläubig.

„Doch, doch, ich habe zwar mit jedem einzeln die Rolle einstudiert und ihnen Tipps zum Zusammenspiel gegeben, aber heute haben sie zum ersten Mal das ganze Stück gemeinsam durchlebt!“ Er nickte bekräftigend und wartete gespannt auf Claus Reaktion.

„Ja, wirklich? Aber wieso? Das verstehe ich nicht ...“

„Aber Herr Pillow, das sollten Sie wissen, wenn Sie sich auch nur ein klein wenig mit Theater beschäftigen! Dieses ständige Wiederholen der Worte, der

Bewegungen, der Gefühle ... das zerstört das größte Stück. Um wirklich außergewöhnlich gut zu sein, müssen sich die Beteiligten voll und ganz mit ihrer Rolle identifizieren! Na, und das kann man nicht beliebig wiederholen! Das ist einmalig!“, rief er aufgebracht.

„Ja, natürlich ... ganz meine Meinung“, beeilte sich Claus zu sagen. „Aber liegt nicht gerade darin die Kunst eines Schauspielers? Dass er eben diese Emotionen auf Knopfdruck abrufen kann und die Figur jedes Mal aufs Neue überzeugend darstellt?“

„Wie können Sie es wagen, meine Technik zu kritisieren? Sie haben selbst gesagt, es sei die beste Inszenierung gewesen! Also wird meine Methode wohl richtig sein!“ Der kleine Mann fuchtelte mit den Armen.

„Und der Erfolg gibt Ihnen recht!“, antwortete Claus schnell. „Ich muss sagen, ihre ‚Maria Stuart‘ war perfekt! Da gibt es keinen Zweifel. Ich hatte tatsächlich den Eindruck, ich hätte die Echte vor mir!“

Georg nickte. „Ja, das ging mir genauso. Ellie hätte sich sicher gefreut, das zu hören.“

Claus blickte sich um in dem länglichen, unübersichtlichen Raum, in dem halbbekleidete, teilweise geschminkte Männer und Frauen durcheinander liefen. Die Hauptfigur konnte er in dem Chaos nicht ausmachen. Er wandte sich wieder an Georg.

„Ob die Hauptdarstellerin ein paar Minuten Zeit für mich hat? Ich würde sie gern kennen lernen. Vielleicht ergibt sich ein gemeinsames Projekt in der Zukunft ...“

„Sie wollen was?“ Der Regisseur zog die Augenbrauen hoch und schüttelte verwundert den Kopf. „Sie haben doch mit eigenen Augen gesehen, was mit ihr geschah!"

„Mit ihr geschah? Was meinen Sie?"

„Sie ist tot! Sie starb auf dem Schafott! Vor zehn Minuten! Sie waren dabei!"

„Das kann nicht Ihr Ernst sein!" Claus musste lachen. „Nein, nein, das ist absurd! Das glaube ich nicht ..."

„Sie wollte, dass wir sie verbrennen und die Asche in die Donau streuen. Dann könne sie auf ewig als Maria Stuart auf dem Wasser treiben."

„Ja sicher, Georg. Alles klar." Er grinste und verdrehte die Augen.

„Hey! Behaupten Sie etwa, ich lüge? Niemand nennt mich hier einen Lügner, passen Sie verdammt noch mal auf, was Sie sagen!" Er starrte Claus feindselig an und baute sich vor ihm auf. Obwohl er kleiner war als Claus, machte er ihm Angst. Natürlich war das Gerede von dem Schafott Unsinn. Er kannte Theaterattrappen. Trotzdem wollte er keine Sekunde länger mit diesem übergeschnappten Gnom in einem Raum bleiben. Er drehte sich um und rannte die Treppen hinauf in den leeren Zuschauersaal.

„War alles freiwillig! Keiner hat sie dazu gezwungen! Gerissen haben sie sich um die Rolle ...", hörte er Georg brüllen.

Sein Herz raste, als er auf dem Deck durch die Stuhlreihen zum Ausgang stolperte. Hinter sich hörte er eine Stimme schimpfen: „Das Blut ist schon fast trocken! Wieso macht das denn keiner sauber!"

Claus stöhnte. Kurz bevor er das Ende des Schiffes

erreichte sprang grollend der Motor an. Dann hörte er Frau Neubauer seinen Namen rufen. Sie stand vor der Bühne und winkte. Bestürzt erkannte er, dass jemand den Steg zum Ufer entfernt hatte. In der Dunkelheit konnte er den Abstand nur schwer abschätzen. Ohne zu überlegen sprang Claus ans Festland und klammerte sich an einen der steinernen Pfeiler, die das Ufer säumten. Sein Atem ging schnell, sein Herz klopfte in den Ohren. Erleichtert sah er zu, wie das Schiff beschleunigte und sich entfernte.

Er atmete tief durch. Ein schrecklicher Abend! Glauben würde ihm das sowieso niemand. Er musste grinsen bei dem Gedanken an die Idioten auf der Party. Sie hätten wieder etwas, worüber sie sich das Maul zerreißen könnten. Jetzt spinnt er völlig, würden sie sagen.

„Das war knapp“, sagte eine Stimme neben ihm.

Claus schrak zusammen. „Bitte?“

„Fast hätten Sie bei der Theatertruppe bleiben müssen!“, lachte der Mann und deutete auf die tanzenden Lichter in der Dunkelheit.

„Ja“, keuchte Claus, „das war knapp!“

HEIDI MOOR-BLANK

Donau, so blau

Taaatatatamm bim bim – bum bum ...
Tatatatatamm bim bim – bum bum ...

Fräulein Überkirchen hob den Kopf. Das kam von oben! Herr Moldenhauer, der sonst nur ganz leise seine getragenen Klassik-Stücke hörte, ließ den Donauwalzer von Johann Strauß in voller Lautstärke durch seine Wohnung dröhnen.

„Donau, so blau, durch Tal und Au ...“ Mit dünnem Greisinnen-Sopran sang sie mit, und ein Lächeln überzog ihr Gesicht. „Wogst ruhig du hin, dich grüßt unser Wien ...“

Als der Walzer zum dritten Mal begann und das Scharren über ihrem Kopf immer lauter wurde, zog sie unwillig die Augenbrauen über der Nasenwurzel zusammen.

Am Ende des sechsten Durchgangs hob sie sich aus ihrem Lehnstuhl, griff nach ihrem Stock und humpelte auf ihre Wohnungstür zu.

Die plötzliche Stille ließ sie innehalten. Kein Ton war mehr zu hören. Kurz ließ sie ihre Hand auf der Türklinke liegen, verwirrt, weil sich der angestaute Ärger mit Erstaunen und Unsicherheit mischte.

Das Geräusch eilig die Treppe hinunterpolternder

Füße beendete die Verwirrung. Schnell öffnete sie die Tür und erwiderte mit angedeutetem Nicken den höflichen Gruß Moldenhauers, der seinen Weg nach unten nur ungern unterbrach.

„So geht das nicht mit der lauten Musik, Herr Nachbar! Und mit diesem Gescharre! Was treiben Sie denn da eigentlich?"

Herr Moldenhauer, ein etwas knöcheriger Junggeselle in den Fünfzigern, wandte sich zu ihr um und zeigte ihr ein strahlendes Lächeln. Sein sonst so langweilig-korrekter Gesichtsausdruck war durch das Glitzern seiner Augen wie weggewischt. Statt der üblichen Strickweste in undefinierbarer Farbe trug er einen Pulli in fröhlichen Farben, und die spärlichen Haarfransen, die sich sonst mühsam an der Halbglatze festkrallten bei dem vergeblichen Versuch, diese zu verdecken, waren zu einem stoppeligen Haarkranz rasiert.

Er trat einen Schritt auf sie zu, deutete vollendet einen Handkuss an und erklärte mit verschwörerischem Lächeln: „Fräulein Überkirchen, es tut mir leid. Ich wollte Sie nicht stören! Aber ich ... ich habe übermorgen ein Rendezvous. Und die Dame meiner Verehrung tanzt für ihr Leben gerne Wiener Walzer. Und da ich den doch überhaupt nicht kann, hab ich mir einen Schnellkursus gekauft. Mit Musik und Schritterklärung. Eins, zwei, drei, verstehen Sie?"

„Eins, zwei, drei – ich verstehe." Mit kurzem Nicken und einem angedeuteten Lächeln schloss sie die Tür.

Taaatatatamm bim bim – bum bum ...

Tatatatatamm bim bim – bum bum ...

Herr Moldenhauer übte. Sie konnte ihn ja verstehen. Es war Nachmittag. Sie hatte ihren Mittagsschlaf bereits hinter sich und beschloss, sich nicht von dem sich endlos wiederholenden Klang der Geigen ärgern zu lassen.

Sieben Mal ertrug sie den „Wellen-Tanz", dann stand sie im Treppenhaus und begann, sich mühsam am Geländer hochzuziehen, unterstützt vom Stock in der anderen Hand.

Sie klingelte ausdauernd. Kein Wunder, dass er die Glocke nicht hörte bei diesem Lärm!

Atemlos stand er endlich in der Tür, verbeugte sich zerknirscht und bat sie herein.

Würdevoll nahm sie auf dem Sofa Platz.

„So, nun zeigen Sie mal, was Sie können! Nachdem ich alles mit anhören muss, will ich jetzt etwas sehen!"

Brav folgte er ihrem Befehl und startete die Musik. Unbeholfen stapfte er zum Walzer-Rhythmus wie ein unglücklicher Tanzbär von einem Bein auf das andere und starrte dabei auf das Heft mit der Schrittfolge in seiner Hand. Fräulein Überkirchen unterbrach seine Vorstellung mit lautem Klopfen ihres Stockes.

„Nein, nein, nein! So wird das doch nichts!" Etwas mühsam zog sie sich hoch und setzte ihre Schritte im Dreivierteltakt, so gut es eben ging. „Sehen Sie her, Herr Moldenhauer! Hier, rechts vor und gleich in die Drehung! Wiener Walzer ist Drehung! Leichtigkeit!" Erschöpft blieb sie stehen. „Jetzt Sie!" Herr Moldenhauer war ein aufmerksamer Schüler und nahm mutig die geforderte Drehung in Angriff.

„Nicht auf die Füße sehen, und legen Sie doch endlich mal das Heft aus der Hand! Warten Sie ..." Energisch griff sie nach der Wolldecke auf der Couch, rollte diese zu einer langen Wurst und legte sie Herrn Moldenhauer in die Arme. „Dies ist die Dame Ihres Herzens! Hier – rechter Arm um die Taille – dieser Zipfel ist Ihre Hand, sehen Sie ihr in die Augen und nun schweben Sie – schweben Sie!"

Herr Moldenhauer starrte mit liebevollem Blick auf die obere Kante der Wolldecke, sein Mund zeigte ein leicht dümmliches Lächeln – und plötzlich schien es zu klappen! Herr Moldenhauer tanzte. Schweben war wohl übertrieben, aber er legte einen sehr ansehnlichen Wiener Walzer aufs Parkett, und Fräulein Überkirchen nickte zufrieden.

„Wunderbar! Jetzt sind Sie gewappnet für Ihr Rendezvous!"

„Oh nein – ich werde heute abend weiter üben! Ich kann heute sowieso nicht schlafen, dazu bin ich viel zu aufgeregt! Ich danke Ihnen, Fräulein Überkirchen! Ich bin so froh! Eins, zwei, drei ... eins, zwei, drei."

Herr Moldenhauer bot ihr fürsorglich den Arm, als sie an seiner Seite die Treppe hinunterstieg. Er hatte noch Besorgungen zu machen und musste ganz dringend seinen guten Anzug aus der Reinigung holen. Gerade verbeugte er sich formvollendet vor ihrer Wohnungstür, als ein blonder Pferdeschwanz die Treppe heraufwippte.

„Hallo, Großtantchen!" Steffi schaute vergnügt Herrn Moldenhauer hinterher, der fast leichtfüßig die Treppe hinunterlief. „Hast du einen Freund?", grinste sie dann in Fräulein Überkirchens Richtung.

Entrüstet drehte diese sich um und nestelte ihren Wohnungsschlüssel ins Türschloss.

„Du bist respektlos! Aber du darfst trotzdem hereinkommen."

Steffi schüttelte den Kopf. „Tut mir leid, ich bin in Eile! Mami schickt mich – ich hab dir Kuchen mitgebracht. Hat sie heute gebacken! Ich stell ihn in die Küche, ja?" Nach einem kurzen Küsschen auf die Wange und einem lauten „Tschühüs!" aus dem Flur wurde die Wohnungstür zugeschlagen, und Steffi war verschwunden.

Taaatatatamm bim bim – bum bum ...

Tatatatatamm bim bim – bum bum ...

Sie schreckte aus ihrem Lehnstuhl hoch. War sie doch tatsächlich eingeschlafen! Das bedeutete eine schlaflose Nacht oder den Griff zu ihrem Schlafmittel. Ärgerlich.

Sie hob den Blick zur Decke und verfolgte das Scharren der Walzerschritte über ihr. Sie verteilten sich jetzt im ganzen Raum, immer rundum, immer wieder. Zufrieden nickte sie. Herr Moldenhauer hatte die Walzer-Drehung offensichtlich im Griff.

Sie zog sich aus ihrem Sessel hoch und trippelte, auf den Stock gestützt, zur Küche. Als sie die Kuchenpackung öffnete, entfuhr ihr ein „wie passend!" – doch gleichzeitig schüttelte sie missmutig den Kopf. Ihre Nichte Gerlinde hatte immer noch nicht begriffen, dass die *perfekte* „Donauwelle" über den Kirschen und der Creme nur *eine* Schicht Schokoladenpulver tragen durfte. Der Schokoladenguss, den Gerlinde immer wieder drüber goß, trotz mehrfacher Hinweise, war schlechter Stil, zumal es nicht möglich war, ein Häppchen mit der Kuchengabel abzuteilen, ohne das gesamte Kuchenstück zu zermatschen. Vorsichtig hob sie die komplette Schoko-Platte ab und legte sie neben das Kuchenstück auf den Teller.

Taaatatatamm bim bim – bum bum ...

Tatatatatamm bim bim – bum bum ...

Es war gleich acht Uhr am Abend, und Herr Moldenhauer nahm keine Rücksicht auf ihre Gewohnheiten. Die Tagesschau wurde zersägt von den Geigen, deren Bögen inzwischen direkt auf ihren Nerven ihr ewiges Lied wimmerten.

Wie hatte er gesagt? „Ich werde heute Nacht sowieso nicht schlafen können." Sie beugte sich über das Kuchenstück und starrte in die Creme. Oh doch, er würde schlafen!

Es war kurz vor halb drei, als die Polizei die Wohnungstür aufbrach. Die Nachbarin aus der Wohnung darunter hatte gemeldet, dass schon seit Stunden immer und immer wieder die gleiche Musik in höchster Lautstärke gespielt wurde und auf ihren Anruf in der Wohnung keiner reagierte.

Erleichtert schloss Fräulein Überkirchen die Augen. Diese wunderbare Stille! Endlich! Sie konnte nicht verstehen, wie Herr Moldenhauer diese Ausdauer haben konnte, immer und immer wieder den Arm des Plattenspielers auf den Anfang zu stellen. Ob er den Kuchen nicht gegessen hatte?

Das geschäftige Treiben in der Wohnung über der ihren verwirrte sie allerdings. Die Polizei war eingeschritten, und es herrschte Ruhe im Haus. Jetzt waren es die Polizisten selber, die über ihrem Kopf herumtrampelten und ihre Nachtruhe störten!

Vorsichtig öffnete sie ihre Wohnungstür und lauschte nach oben. Der Türsummer der Haustür und eilig nach oben laufende Schritte ließen sie die Tür vorsichtig anlehnen, aber mit klopfendem Herzen legte sie lauschend ihr Ohr an den Spalt.

„... nicht mal gefrühstückt ..." „... besser so, du weißt nicht, was du zu sehen kriegst!" „Ich hab aber Hunger!" „Du hast *immer* Hunger!" Als die Stimmen ihre Tür passiert hatten, lugte sie vorsichtig hinaus. Ein älterer, kleinerer Herr und ein schlacksiger junger Mann eilten die Stufen hoch und verschwanden in der Wohnung Moldenhauers. Gleich darauf folgten schweigend zwei weitere Männer mit großen Koffern und müden Gesichtern.

Sie stand noch mit weit aufgerissenen Augen in der offenen Tür, als der ältere Herr wieder in der Treppenbiegung auftauchte.

„Oh, das ist gut! Sie sind die Dame, die uns angerufen hat, nicht wahr? Ich hab da ein paar Fragen an Sie!" Sie nickte stumm, starrte ihn an und stand reglos im Türspalt.

„Entschuldigen Sie, Kriminalpolizei. Ewert ist mein Name."

Er hielt ihr ein Metallstück unter die Nase, das sie ohne ihre Lesebrille nicht erkennen konnte und fragte: „Kann ich einen Moment reinkommen?"

Sie blinzelte und nickte und trat einen Schritt zur Seite. „Ja, aber ... was ist denn passiert?"

„Herr Moldenhauer ist tot. Er hatte den CD-Player

auf Endlos-Schleife gestellt. Deshalb konnte die Musik auch nicht aufhören. Können wir uns irgendwo setzen?"

„Tot?" Fräulein Überkirchen suchte nach einem zusätzlichen Halt, weil die Hand, die ihren Stock hielt, zu sehr zitterte. „Das hab ich nicht gewollt!"

Der Kommissar stutzte und sah ihr in die Augen. Gleichzeitig hangelte er nach einem Stuhl und schob sie vorsichtig zwischen die Armlehnen auf das Gobelinpolster.

„Was heißt das, nicht gewollt?", fragte er vorsichtig.

„Ich hatte ihm den Kuchen hochgebracht. So gegen halb neun. Das war gar nicht so einfach für mich, die Treppe hoch, mit dem Teller und dem Stock ... Wissen Sie, er tanzte wieder. Er tanzt schon seit drei Tagen, immer wieder, Wiener Walzer. Gestern hatte ich ihm noch ein paar Tipps gegeben, und wenn er die Wolldecke im Arm hatte, sah es sogar ganz passabel aus ..." Sie verstummte und starrte den Kommissar an. Der nickte aufmunternd mit dem Kopf. „Und ...?"

„Er war ganz aufgeregt, so fröhlich, überdreht würde ich sagen. Weil er diese Drehung endlich schaffte. Er brachte den Kuchen in die Küche und kam mit einer Flasche Sekt zurück. Ich nahm nur einen Schluck und ging wieder hier runter und wollte warten, bis er ... bis er endlich ..."

Der Kommissar unterbrach sie: „Er öffnete die Flasche Sekt in Ihrem Beisein? Und tanzte mit einer Wolldecke? Nun – ich glaube, das war sein Verhängnis." Ewert stand auf und schüttelte mitfühlend den Kopf. „Der arme Kerl hat wohl vor lauter Begeisterung die Flasche alleine geleert und hielt sie in der linken

Hand, in der rechten die Wolldecke. Zu viel Sekt, zu viele Drehungen und eine zu lange Wolldecke. Er muss über den Deckenzipfel gestrauchelt sein, zerschlug beim Fallen mit der Sektflasche die Balkontür und fiel so unglücklich in die Scherben, dass er verblutete."

Fräulein Überkirchen umklammerte krampfhaft die Armlehnen ihres Stuhls. „Wie schrecklich! Und den Kuchen ... hat er nicht gegessen?"

Der Kommissar hob die Schultern. „Keine Ahnung. Was war mit dem Kuchen?" Er umfasste ihre Hände und sah ihr ernst in die Augen.

Fräulein Überkirchen blickte entschlossen zurück und sagte bestimmt: „Nichts!"

Mit einem Ruck richtete Ewert sich auf, verließ die Wohnung und eilte die Treppe hinauf. Der Chef der Spurensicherung packte gerade die Sektflasche in einen großen Beutel und hob kurz den Kopf.

„Gibts hier irgendwo ein Stück Kuchen?"

„Hat dein Kollege eben auch schon nach gefragt. Der Kuchen in der Küche ist für uns nicht interessant, es fehlt kein Krümelchen!"

„Und wo ist er jetzt?"

„Wer, dein Assistent oder der Kuchen?"

„Beide!"

Lautes Schnarchen aus der offenen Schlafzimmertür ließ sie zusammenzucken. Ewert stieß die Tür ganz auf und starrte kopfschüttelnd auf seinen Kollegen.

„Nicht nur, dass er am Tatort einschläft, er frisst auch noch Beweismittel! Wenn es so war, wie ich vermute, können wir den die nächsten Stunden vergessen."

GISELA L. BOCK

Blumen im Schnee

„Schau dir das an, Hella", sagte Bielmann und reichte mir ein Foto, „ist das nicht Romantik pur?"

Das Foto war extrem hell, fast überbelichtet. Darauf ein Fluss, an dessen Ufer eine junge Frau im Schnee lag. Ihre Haut war dunkel, beinahe schwarz. Sie trug ein buntes Sommerkleid und leuchtete, wie eine zu früh erblühte Tulpe in einem verschneiten Märzgarten.

„Als sie gefunden wurde, war alles tiefgefroren", sagte Bielmann lakonisch, und es klang, als ob er nur den Boden meinte.

Ich saß mit Jacob Bielmann, Hauptkommissar der Münchener Mordkommission, beim Mittagessen. Seit ich ihm in einem Mordfall einen entscheidenden Hinweis hatte geben können, waren wir Freunde geworden. In regelmäßigen Abständen, wenn der Frust und die Misserfolge überhand nahmen, trafen wir uns und sprachen über ungelöste Fälle oder Leichen, die keiner vermisste.

Und diese Leiche hier vermisste niemand. Ein Spaziergänger fand sie kurz vor Weihnachten am Ufer der Donau, zwischen Straubing und Regensburg.

Ich gab Bielmann das Foto zurück. „Und weiter?"

„Die Tote hatte schwere Verletzungen am Hinterkopf. Zuerst ging man von Mord aus. Doch dann stellte sich bei der Obduktion heraus – man fand Grashalme und Erde in der Lunge –, dass die Frau ertrunken war."

„Eigenartig", unterbrach ich Bielmann, „auf dem Foto sah sie nicht wie eine Wasserleiche aus."

„Man merkt, du hast Erfahrung mit Leichen", sagte Bielmann. „Sie ist nicht in der Donau ertrunken, sondern in einer Regenpfütze."

„Wie kann man in einer Regenpfütze ertrinken?"

„Auf Grund ihrer schweren Verletzungen war sie nicht bei Bewusstsein, und da es zur Todeszeit, Anfang Oktober, heftig regnete, ertrank sie in der Pfütze." Bielmann steckte das Foto zurück in einen Umschlag. „In der Hand hielt die Tote einen abgerissenen Fotofetzen", fuhr er fort, „was glaubst du, war da drauf?"

„Keine Ahnung. Ein Weihnachtsmann?"

Bielmann grinste: „Nein, ein Blumenstrauß. Gehalten von einer kleinen Hand ..." Er holte ein Blatt aus dem Kuvert. „... hier ein Repro."

„Blumen im Schnee", sagte ich nachdenklich, „beinahe lyrisch."

„Finde ich auch", sagte Bielmann, „und genau das ist der Grund, warum ich die Sache noch nicht zu den Akten gelegt habe. Die Geschichte geht mir nicht aus dem Kopf. Da steckt ein Geheimnis dahinter."

„Ich weiß, was du meinst. Obwohl natürlich jede Leiche ihr Geheimnis hat. Besonders wenn sie so fehl am Platz ist", witzelte ich.

„Wie du das sagst Hella ...", grinste Bielmann, „als ob es einen passenden Ort für Opfer von Verbrechen geben würde."

Unsere Gespräche glitten oft ins Absurde.

„Na zum Beispiel, wenn diese Frau im Sommer gefunden worden wäre ...“, gab ich zu bedenken.

„Da magst du recht haben. Auf eine Blumenwiese würde sie besser passen, als an die verschneite Donau, wo sie als Lebende unerwünscht war und als Tote von niemandem vermisst wird.“

„Apropos unerwünscht. Wieso ist diese Leiche auf deinem Tisch gelandet?“, erkundigte ich mich. „Die Donau fließt doch nicht durch München?“

„Nein, bis jetzt noch nicht“, lachte Bielmann, „obwohl man denken könnte, die Ausbauten reichen bald soweit. Der Regensburger Kollege, den ich von der Polizeischule her kenne, fand es ungewöhnlich, neben der Donau in einer Pfütze zu ertrinken.“

Ich nickte zustimmend.

„Er bat mich um Hilfe, da die Fahndung um Regensburg und auch die Veröffentlichung des Fotos ohne Resonanz geblieben war. Die Behörden wollen die Akte schließen. Wen interessiert schon ein schwarzes Mädchen in einem zerrissenen Kleid, ohne Schuhe und ohne Papiere?“, sagte Bielmann.

„Habt ihrs beim Fernsehen versucht? XY oder Fahndungsakte? Für die muss der Fall doch interessant sein. Ich finde, das Foto hat Glamour.“

Bielmann schüttelte den Kopf.

„Es gibt zuwenig Anhaltspunkte. Wir haben nur die Leiche und den Papierfetzen. Nicht mal die Untersuchung der Verletzung haben etwas ergeben. Der Regen hat die Spuren verwischt. In der Nähe der Toten wurde zwar noch das Deckblatt eines Flugtickets der ARUBA AIR gefunden.“

Ich unterbrach ihn neugierig. „Und was sagt die Airline?“

„Hella ..., ohne Namen? Wir wissen nicht, wo die Frau herkam oder wo sie hinwollte. Diese Fluggesellschaft fliegt alle Inseln der niederländischen Antillen an. Die lachen mich aus, wenn ich mit dem Foto einer Toten komme und nachfrage, wer sie schon mal gesehen hat“, sagte Bielmann frustriert.

„Dann wird das arme Mädchen bei den ungelösten Fällen begraben werden“, seufzte ich, „es sei denn ..., du ermittelst vor Ort.“

Bielmann zog die Augenbrauen hoch. „Ohne dringenden Verdacht auf internationalen Drogenschmuggel oder illegalen Waffenhandel? Am Totschlag einer Unbekannten, einer Touristin vielleicht oder einer lästigen Asylantin ist niemand interessiert. Nur eine Privatdetektivin wie du, hat die Chance, solche Ermittlungsaufträge zu bekommen. Für einen Staatsdiener wie mich, ist es geradezu verwegen daran zu denken. Das wäre Belohnung – keine Arbeit.“

Ich hatte das Gespräch mit Jacob Bielmann längst vergessen, als mein Sohn mir zum Muttertag eine CD mit karibischer Musik schenkte. Klänge, die einen weit forttragen. An einen Strand mit türkisblauem Meer, hohen Palmen, die transparente Schatten werfen und bunten Drinks, die nach Verführung schmecken.

Aber das allein wäre noch nicht erwähnenswert gewesen. Es war das Hemd des Sängers, das mich in Aufregung versetzte. Die gleichen Blumen, wie auf dem Kleid der Toten im Schnee!

Im ersten Freudentaumel wollte ich sofort Jacob

Bielmann anrufen. Aber dann sagte ich mir, dass in diesen Ländern Blumenstoffe so normal sind, wie bei uns grauer Flanell.

In der Nacht darauf hatte ich einen kitschigen Schlageralbtraum, von Blumen, die im Schnee erblühen und Donauwellen, die an einen karibischen Sandstrand platschen. Und um meine Neugierde zu befriedigen – ein Grund, warum ich Detektivin geworden bin –, beschloss ich doch zu recherchieren.

Über die Internetadresse auf der CD fand ich eine Telefonnummer.

Mit hektischer Stimme rief ich dort an und behauptete, Modedesignerin zu sein. Für meine nächste Sommerkollektion suche ich dringend genau solch einen Blumenstoff. Außerdem würde ich für die „Presseschau“ wahnsinnig gerne den Sänger engagieren.

Nach dem Wort „Presseschau“ bekam ich die Telefonnummer der Plattenfirma. Zwei Telefonate später hatte ich Leo Kramartz, den Produzenten der CD, am Apparat. Der Herr war Deutscher und ordentlich spröde. Überraschend bei einem Produzenten für Gute-Laune-Musik. Ihn stimmten erst die magischen Worte, Presse, Modenschau und Engagement freundlich. Er versprach, mit dem Sänger zu reden.

Kramartz hielt Wort, und ein paar Tage später rief Sammy Brown an. Er sei gerade auf Deutschlandtournee und würde auch in München auftreten. Wenn ich Zeit hätte, könnten wir uns treffen.

Ich erzählte ihm erst Mal die gleiche Geschichte wie dem Manager und erfuhr, dass er das Hemd aus England mitgebracht hatte.

Wäre ja auch zu einfach gewesen, dachte ich und hielt die Sache für erledigt. Wie Bielmann gesagt hatte: zu wenig Anhaltspunkte.

Bis eine Woche später, mit der Post, zwei Konzertkarten kamen. Da war ich sicher, doch eine heiße Spur gefunden zu haben.

Das Konzert im „Nachtcafé" war ausverkauft. Sammy Brown, seine erotische Stimme und der karibische Sound lösten bei mir und dem überwiegend weiblichen Publikum die Glückshormonproduktion aus. Mit glänzenden Augen und schwingenden Hüften starrten wir hechelnd auf die Bühne. Der Mann war ein Ladykiller.

Ich war die einzig Glückliche, die nach dem Konzert hinter die Bühne gelassen wurde. Unbeachtet von den vielen jungen Mädchen, die mich mit meinen fünfundvierzig wahrscheinlich für scheintot hielten.

Sammy Brown war sehr sympathisch und zweifelte nicht an meiner Behauptung, Modedesignerin zu sein. Mit einem Akzent, der ihn noch erotischer machte, beantwortete er arglos meine Small-Talk-Fragen.

„London", sagte er, als ich wissen wollte, wo er zu Hause sei.

Enttäuscht hörte ich, dass er in einem englischen Internat aufgewachsen war und Musik studiert hatte. Als ich hörte, dass er die Karibik noch nie besucht hatte, verabschiedete ich mich frustriert. Meine heiße Spur war im Londoner Nebel erkaltet.

Während ich mich noch ärgerte, dass meine Intuition mich getäuscht hatte, rief Kramartz an. Wir hätten uns gestern Abend leider verfehlt. Nun würde er mich gerne zu einem Drink in sein Hotel einladen, wo man gemütlich weiter verhandeln könne.

Ich nahm die Einladung an, weil – ein weiterer Grund, warum ich Detektivin geworden bin – ich gern neue Leute kennen lerne.

Vorher besuchte ich noch Kommissar Bielmann, um mir eine Kopie des Fotos der Toten im Schnee geben zu lassen.

Vielleicht gab es eine Möglichkeit, Kramartz damit zu konfrontieren.

Leo Kramartz war fett, hässlich und super freundlich. Sein dicker Kopf saß direkt auf den Schultern und wackelte niedlich hin und her.

Die Unterhaltung bestritt er allein. Er redete und redete und redete. Über Geld, die Musikbranche, über Geld, die Konkurrenz und wieder über Geld, und dass Sammy Brown das Geschäft seines Lebens sei. Ich hörte konzentriert zu, in der Hoffnung, er würde endlich etwas sagen, das zu der Toten im Schnee passen würde.

Nach einem ermüdend langen Vortrag schien ihm plötzlich der Grund unseres Treffens wieder einzufallen. „Und Sammys Musik hat Sie inspiriert?"

Statt zu antworten holte ich die Fotokopie heraus, die ich zwischen zwei Modemagazine gelegt hatte. „Nein", sagte ich mit der gelangweilten Stimme einer weitgereisten Modetussi, „das hier war's."

Er verzog keine Miene. Nur sein Kopf hörte auf zu wackeln.

„Total abgefahrenes Foto, oder?", zwitscherte ich und beobachtete ihn aus dem Augenwinkel. „Als ich es in der amerikanischen ‚Vogue' sah, fand ich es himmlisch trendy. Und dann, als ich Sammys CD gehört hatte – machte es Peng bei mir!"

„Wo haben Sie ...?" Er unterbrach sich. „Äh ..., interessant."

Seine Hand zitterte, als er mir das Bild zurückgab.

„Du hast was gut bei mir, Hella", sagte Jacob Bielmann eine Woche später zu mir.

„Vielen Dank. Ich werde dich daran erinnern, wenn ich falsch geparkt habe."

„Seit wann hast du ein Auto?"

„Ich kauf mir eins von der Belohnung, die für die Aufklärung des Mordes an der Toten im Schnee ausgesetzt war."

„Leider gibt es keine. Zur Belohnung kann ich dir nur erzählen, wie die Sache gelaufen ist."

„Ich bin sehr gespannt", sagte ich und bestellte mir einen Nachtisch.

Bielmann rührte in seinem Kaffee. „Also, Kramartz verbrachte seinen Urlaub in Aruba. In einer Bar, in der Sammy als Sänger auftrat, lernten sie sich kennen."

„Also doch Aruba!" Ich freute mich, dass meine Intuition mich nicht getäuscht hatte.

„Ja, Sammy ist dort geboren und aufgewachsen. Kramartz hatte sich eine völlig neue Vita für ihn ausgedacht. Er fand es langweilig, dass alle Schwarzen immer bettelarm sind und aus der Karibik kommen. Ein Gebildeter, aus der Großstadt, der moderne Musik mit karibischem Einfluss macht, das sei mal was Neues. Kramartz arbeitete zu der Zeit auf eigenes Risiko und hatte einige Flops hinter sich. Er brauchte dringend einen Megahit. Als er Sammy singen hörte und sah, welch ungeheure Wirkung der auf Frauen hatte, blitzten bei ihm die Dollarzeichen auf. Er nahm Sammy mit nach Deutschland, musste aber erst mal kräftig investieren. Musiker, Tonstudio, CD-Produktion, Konzerte, eine Wohnung und Essen vorfinanzieren. Alles auf Kredit. Kramartz hoffte, dass der Mann die Investition wert war. Anfangs schien alles gut zu gehen. Die Konzerte waren voll. Es gab Auftritte im Fernsehen, und die CD verkaufte sich auch gut. Kramartz fühlte sich als King. Bis Sammys Frau Lucinda auftauchte, von der Kramartz bis zu dem Tag nichts gewusst hatte."

„Und woher wusste Lucinda von Kramartz?"

„Daran war Sammy schuld. Dummerweise hatte er bei Lucinda Kramartz' Telefonnummer als Notrufnummer hinterlassen. Vom Besuch seiner Frau hatte er keine Ahnung. Kramartz fing sie in München am Flughafen ab und wollte sie sofort wieder zurück schicken. Doch Lucinda wollte nicht, und vor allen Dingen verstand sie nicht, warum ein Sexsymbol keine Ehefrau haben darf. Es gab einen heftigen Streit in der Tiefgarage des Flughafens, weil Kramartz bezweifelte, dass die beiden überhaupt verheiratet waren. Lucinda zeigte ihm das Hochzeitsfoto und drohte, sie würde ihrem Mann sagen, dass er sie vergewaltigt hätte. Übrigens: Die Blumen auf dem Fotofetzen war Lucindas Hochzeitsstrauß – und das Kleid war ihr Hochzeitskleid. Kramartz versuchte Lucinda, das Foto zu entreißen. Es kam zum Handgemenge, bei dem er die Beherrschung verlor und auf Lucinda einschlug. Die

Tatwaffe war eine schwere Taschenlampe, die im Auto lag. Lucinda erlitt ein Schädelhirntrauma und fiel ins Koma. Kramartz aber dachte, sie sei tot. Um sie verschwinden zu lassen, fiel ihm die Donau ein. Pikanterweise hat er in Regensburg Kirchenmusik studiert. Sein Vorteil war, dass es stark regnete und Lucinda in der Pfütze ertrank. Als er dann ihr Foto in einer Regensburger Zeitung sah und las, dass sie tot sei, glaubte er, seine Rechnung sei aufgegangen."

„Er hätte ihr das Kleid ausziehen sollen", sagte ich nachdenklich, „dann wäre seine Rechnung aufgegangen."

BARBARA AHRENS

Das „Berblinger-Projekt"

Jetzt haben die vom Ulmer Kunstverein „Arte" ihren Kopf doch noch durchgesetzt: Die Präsentation des „Berblinger-Projekts" wird nicht stattfinden. Gesa ist tot. An der Schleuse hinter der „Friedrichsau" fand man heute früh ihre Leiche.

Diego, der Wirt vom „Grünen Baum", ist der Meinung, wir sollten die Sache trotzdem durchziehen, jetzt erst recht, damit die „Arte"-Leute vor Wut platzen. Aber wir vom Stammtisch haben ihm das ausgeredet, vielleicht passiert sonst noch mehr! Zwar schließt die Kriminalpolizei nicht aus, dass Gesa einfach nur gestürzt ist und sich an einem der großen Steine den Kopf angeschlagen hat, bevor sie ins Wasser fiel. Immerhin hatte sie gestern Abend einiges getrunken, und das Donauufer nahe beim „Berblinger-Denkmal" ist schmal und glitschig. Aber ich glaube, es war Mord.

Jede Wette: Etliche hier in Ulm sind froh, dass sie Gesa vom Hals haben. In ein paar Wochen wäre sie zwar sowieso nach Norddeutschland zurückgekehrt. Ihr Arbeitsstipendium, das die „DonauBrauerei" in diesem Jahr erstmals vergeben hat, wäre demnächst zu Ende gewesen. Aber offenbar gab es jemanden, der nicht so lange warten wollte. Grund genug hätten viele gehabt, besonders die Leute vom Kunstverein. Ricarda Schill, die Erste Vorsitzende, hatte Gesa zeitweilig sogar Hausverbot erteilt. Meist sieht man die pensionierte Studienrätin in Begleitung von Rudolf Hartmann aus Rumänien, der schon seit dreißig Jahren Ulmer Altstadtansichten malt, aber immer noch bei jeder Gelegenheit sagt: „Bei uns in Tämmäschwarr.“ Er verkauft gut auf Basaren und bei der alljährlichen Pfingstausstellung des Kunstvereins „Arte“, aber leben kann Hartmann von seinen Aquarellen offenbar nicht, denn er gibt Kurse an der Volkshochschule. Der stämmige kleine Mann mit dem grauschwarzen Lockenkopf streift regelmäßig mit dem Skizzenblock durch das idyllische Fischerviertel an der Blau, seine Schülerinnen im Schlepptau. Ricarda Schill habe ich in der Stadt noch nie Skizzen machen sehen. Für ihre kleinformatigen Blumenbilder bietet wohl der heimische Garten genügend Motive.

Ein Großteil der Kunstvereinsmitglieder hat das Malen bei Rudolf Hartmann gelernt. Dagegen ist gar nichts zu sagen. Der Mann versteht sein Handwerk. Aber dadurch hat der Schill-Hartmann-Block stets die Mehrheit. Hinzu kommt, dass Ricarda Schill seit Jahren über lokale Musik- und Kunstereignisse für die „Donauzeitung“ berichtet. Diejenigen Künstler, die offen für Experimente sind, haben sich nach und nach fast völlig aus der Vereinsarbeit bei „Arte“ zurückgezogen.

Die alljährliche Pfingstausstellung gilt als Werkschau ihrer Mitglieder. Unter Vorsitz von Ricarda Schill entscheidet eine Jury über die eingereichten

Arbeiten. Der Kunstverein kam wohl nicht umhin, die Stipendiatin Gesa um ihre Beteiligung zu bitten, auch wenn man dort für ihre Videoinstallationen nichts übrig hat.

„Darüber mach ich was!", sagte Bernd, Lokalredakteur bei der „Donauzeitung". Er war gerade mal wieder am Stammtisch, als Gesa wutentbrannt erzählte, die Jury hätte sie durchfallen lassen. Bernd ist Stuttgarter. Ihm gefällt es, die Ulmer hin und wieder ein bisschen aufzumischen. In letzter Zeit hat er sich allerdings einigermaßen zurückgehalten. Vielleicht hängt das auch mit der Geburt seines zweiten Kindes zusammen.

„Komm doch nachher noch kurz mit in mein Atelier", sagte Gesa zu Bernd. Die „DonauBrauerei" hatte ihrer Stipendiatin ein Fachwerkhäuschen im „Fischerviertel" zur Verfügung gestellt. Am nächsten Vormittag soll Bernds Frau in der Redaktion nachgefragt haben, wo Bernd denn stecke, sie mache sich schon Sorgen. Sein groß aufgemachter Zeitungsbericht über Gesas „Berblinger-Projekt" – eine Multimedia-Installation mit Video, Musik und Workshops – zwang die Leute vom Kunstverein schließlich dazu, einzulenken.

Bernd kommt seitdem wieder täglich zum Stammtisch, doch genützt hat ihm das nichts. Gesa war eben eine temperamentvolle Frau, schnell entflammt, aber ebenso schnell war es wieder vorbei. Wie viele gebrochene Herzen sie während der fünf Monate in Ulm zurückgelassen hat, das weiß wohl keiner. Selbst der kleine Rudolf Hartmann aus dem Kunstverein soll zu den Leidtragenden gehören. In dieser Stadt bleibt so was kein Geheimnis. Da muss er wohl anschließend mächtig Krach mit Ricarda Schill gehabt haben.

Gesas Erster in Ulm war Diego. Ich werde nie vergessen, wie die große dunkelhaarige Frau zur Tür hereinkam in ihrer schwarzen Nappalederhose und dem Hemd mit dem Gauguin-Motiv. Diego stand hinter der Theke und polierte Gläser. Gerade hatte Duke Ellingtons „Satin Doll" angefangen. Das ist Diegos Markenzeichen: Im „Grünen Baum" wird nur Jazz gespielt, höchstens noch Klaviermusik von Bach mit Glenn Gould. Dadurch sind wir Alt-68er hier vor den Ulmer Bürgern sicher, auch wenn Diego es nicht deswegen macht.

Als der „Grüne Baum" vor zweiunddreißig Jahren einen neuen Pächter suchte, griff Diego, der eigentlich Kurt heißt, zu. Heute gehört ihm der Laden. Den Service machen seine Mitarbeiter, alles Studenten. Manche wohnen sogar im Haus. Diego und ich kennen uns noch von der HfG.

Ulms international renommierte Hochschule für Gestaltung musste 1968 nach nur fünfzehn Jahren schließen, weil Filbinger und seine CDU die lächerliche Summe von 300 000 Mark nicht aufbringen wollten. Wir studierten damals beide im Fachbereich Visuelle Kommunikation, aber Diego gab nach zwei Jahren auf, weil er lieber malen wollte – wie sein berühmtes Vorbild Diego Rivera. Doch der große Durchbruch blieb aus. Genau wie bei mir. Ich entwerfe seit Jahren Muster für Heimtextilien und Kinderunterwäsche. Diego und ich waren mal ein paar Jahre zusammen, aber das ist schon ewig her. Wir sind als einzige von den alten Kommilitonen in Ulm hängengeblieben.

Als Gesa das erste Mal in den „Grünen Baum" kam, waren nur Hannes und ich am Stammtisch. Ich weiß noch, dass wir sie anguckten wie eine Erscheinung. Sie stellte sich an die Theke, und Diego hörte sofort auf mit Gläserputzen. Gesa lächelte ihn an, üppige Lippen hatte die Frau und kräftige Zähne. Eine Illustriertenschönheit war sie nicht, weder blond noch schlank, aber ein Vollblutweib mit rauchiger Altstimme und festem Händedruck. Als sie dann auch noch „Max Bill?" sagte, mit Blick auf die Bilder über der Theke, hatte sie Diego endgültig in der Tasche. Die Fotos von den Schleifenplastiken, die der prominente HfG-Lehrer dem Möbius'schen Band nachempfunden hatte, verwendet Diego immer als Test für neue Gäste – ob sie wirklich was von Kunst verstehen. Gesa hatte bestanden, und Diego zauberte ein strahlendes Lächeln auf sein faltig gewordenes Gesicht. Für einen Augenblick konnte man sein schütteres graues Haar und den Bierbauch vergessen. Als er Gesa zu uns an den Stammtisch führte, ging auch in Hannes eine Verwandlung vor. Er erhob sich, als er Gesa Feuer gab. Diego hat das Rauchen aufgegeben, Hannes schafft das einfach nicht. Und er machte so viel Wirbel, dass ich dachte, gleich küßt er ihr die Hand. Im Gegensatz zu Diego, der unter seinen ein Meter zweiundsiebzig leidet, ist Hannes groß und kräftig. Aber auch er hat einen Kummer: seine Glatze. Heute kann ich kaum glauben, dass ich mich mal in seine schulterlangen blonden Haare verliebt hatte! Der Deutsch- und

Geschichtslehrer am „Hölderlin-Gymnasium“ fiel während der siebziger Jahre unter den Radikalenerlass, weil er einen kritischen Text von Heinrich Mann im Unterricht behandelt hatte. Wir haben damals einen Fonds für ihn gegründet, in den eine Menge Freunde regelmäßig einzahlten. Mit dem Geld konnte Hannes sich eine ganze Zeit über Wasser halten. Später hat er einen kleinen Laden im „Fischerviertel“ aufgemacht, die „Galerie Danubia“, in der Nähe vom „Grünen Baum“. Früher hat er öfters meine Grafiken dort ausgestellt. Inzwischen bekommt man bei ihm nur noch Souvenirs für die Tagestouristen, die hier das ganze Jahr über in Scharen einfallen. Solche Sachen wie das Ulmer Münster unter Glas, wenn man's schüttelt, fallen Schneeflocken. Was soll's? Hannes hat schließlich Familie.

Diego blieb den ganzen Abend neben Gesa sitzen. Dass es zwischen den beiden gefunkt hatte, war nicht zu übersehen. Diego war schon jahrelang nicht mehr so in Hochform gewesen. Bis zur Sperrstunde schwärmte er Gesa von den alten HfG-Zeiten vor. An diesem Abend nahm Gesa ihn in ihr Atelier mit. Doch sein Glück dauerte nur ein paar Tage. Der Nächste war Hannes. Was mich schon damals wunderte: Gesa schien es nichts auszumachen, ihre abgelegten Liebhaber auch weiterhin zu treffen. Die hatten dafür umso größere Probleme. Ich glaube, damals fing es an, dass ein Riss durch unsere jahrelange Gemeinschaft ging. Diego und Hannes begannen, aneinander rumzunörgeln. „Wenn ich mir vorstelle“, höhnte Diego, „dass wir einem wie dir sogar mal eine Rente finanziert haben!“

Sobald Gesa erschien, hörten die Männer auf zu streiten. Sie kam fast jeden Abend zum Stammtisch, und wir schielten immer nach der Tür, solange sie noch nicht da war. Unvorstellbar, dass das jetzt alles vorbei sein soll!

Als wir das „Berblinger-Projekt“ aus der Taufe hoben – denn eigentlich ist das Ganze ein Gemeinschaftswerk –, da begann eine aufregende Zeit. Wer hat da nicht alles mitdiskutiert, Ellen und Jürgen vom Verein für Neue Musik genauso wie Ralf von der Aidshilfe oder Brigitte von Offensives Altern. Es war ein Zusammenhalt wie früher, als wir noch gegen den NATO-Doppelbeschluss auf die Straße gingen!

Albrecht Berblinger war Gesas Idee gewesen. Immerhin sei er ein Sohn dieser Stadt, die sich nicht gerade durch eine Vielzahl von herausragenden Köpfen auszeichne. Kein Wunder. Auch heute gilt hier noch der alte Leitspruch: „Ulmer Geld regiert die Welt.“ „Wir brauchen Menschen mit Visionen“, sagte Gesa. Ihr ging es in erster Linie darum, den erfolglosen Donauflieger zu rehabilitieren. „Als der Schneider von Ulm zu seinem Flug abhob, war er 41. Genauso alt wie ich. Dass er abgestürzt ist, spricht doch nicht gegen ihn“, sagte sie. „Oder dass die anderen ihn hinterher ausgelacht haben. Wenn mal einer was Besonderes macht, dann warten die doch nur darauf, dass er damit scheitert.“

In Gesas computergestützter Videoinstallation sollte alles anders sein. Albrecht Berblinger im Gewand von 1811 würde diesmal das Neu-Ulmer Donauufer erreichen, und die Zuschauer würden ihm

Ovationen bereiten. Dazu Musik von Klassik bis Pop. Ellen vom Verein für „Neue Musik“ gab Gesa Tipps. Bei der Herstellung am PC habe ich eine Menge Tricks von Gesa gelernt.

Das Video sollte in Endloswiederholung auf mehreren Großleinwänden gleichzeitig gezeigt werden. Aber das Rathausfoyer, wo die Pfingstausstellung des Kunstvereins immer stattfand, war dafür zu klein. „Ich brauche Raum“, sagte Gesa, „Licht, Himmel!“ Diego hatte die Idee, mit der Installation ans Donauufer zu gehen, an die Stelle, von der aus Albrecht Berblinger zu seinem Flugversuch gestartet war. Diego hatte sich versprochen und „Fluchtversuch“ gesagt. Ein Zelt sollte aufgestellt werden, um die technischen Geräte gegen Regen zu schützen, aber auch, um dort dem Publikum die Möglichkeit zu geben, an Tischen Fluggeräte aus Papier und anderen Materialien zu konstruieren. „Und wer übernimmt die Kosten?“, fragte ich. „Kein Problem“, sagte Gesa. „Zu dem Typ von der „DonauBrauerei“ hab ich ‘nen guten Draht!“

Eigentlich hat es keinen von uns überrascht, dass das „Berblinger-Projekt“ bei den „Arte“-Juroren nicht durchkam. Draufhin sagte Gesa der Schill und dem Hartmann ins Gesicht, die Kunstvereinsleute seien nichts weiter als kleinkarierte Sonntagsmaler. So wie ich Gesa kannte, hat sie bestimmt noch andere Beleidigungen losgelassen. Aber nachdem Bernd von der „Donauzeitung“ die Sache an die große Glocke gehängt hatte – das sei doch ein Armutszeugnis für Ulm, hieß es in seinem Bericht –, musste „Arte“ einen Rückzieher machen. Klar, dass Ricarda Schill vor Wut schäumte.

Berauscht von unserem Erfolg, haben wir am Stammtisch ausgiebig auf das „Berblinger-Projekt“ angestoßen, aber schon am übernächsten Tag war irgendwie die Luft raus. Vielleicht deshalb, weil es nichts mehr gab, an dem wir uns gemeinsam abarbeiten konnten. Wer dann mit der Mäkelei angefangen hat, kann ich gar nicht sagen. Jedenfalls kam es gestern Abend zum Krach. Gesa fuhr auf einmal ganz schweres Geschütz auf. „Du bist genau wie mein Opa“, sagte sie zu Hannes. „Was hat der uns ständig mit seinen Kriegserlebnissen genervt! Genau wie du mit deinem Radikalenerlass!“ Wenn Gesa sich ereiferte, wurde ihre Stimme schrill. „Okay, okay, du hast denen die Stirn geboten – meine aufrichtige Bewunderung, wirklich!“ Sie deutete eine Verbeugung an. „Aber das ist dreißig Jahre her“, schrie sie. „Was riskierst du eigentlich heute, kannst du mir das vielleicht mal erklären?“ Sie nahm eine Zigarette aus dem Päckchen, doch niemand gab ihr Feuer. „‚Galerie Danubia‘ – zum Totlachen! Aber über die Spießer herziehen.“

Hannes saß starr, den Kopf gesenkt. Sein kahler Schädel glänzte. Niemand half ihm. Ich glaube, ich war nicht die einzige, die Gesa insgeheim recht gab. Wie kurzsichtig – denn alle, alle kriegten wir unser Fett. „Du immer mit deiner Visuellen Kommunikation!“, griff sie mich an. Das einzige, das zählte, seien Fakten. „Muster für den Billigversandhandel entwirfst du, so sieht’s doch aus! Wenn ihr wüsstet, wie ich das satt habe, euer Gerede von den guten alten Zeiten!“

Danach kam Bernd von der „Donauzeitung“ dran und noch ein paar andere. Diego sparte Gesa sich als

Letzten auf. „Weißt du eigentlich“, sagte sie zu ihm, „was der Unterschied zwischen dir und Rivera ist?“ Da wurde es auf einmal totenstill im Lokal, nicht bloß bei uns am Stammtisch. Der Fats-Waller-Titel „Ain't Misbehavin“ war zufällig gerade zu Ende. Wir warteten, dass Gesa weiterspricht. Manch einer sicherlich nicht ohne klammheimliche Freude, denn mit Diegos Bildern ist wirklich nicht viel los. Aber Gesa nahm erst noch einen tiefen Schluck vom „Trollinger“, das war schon ihr drittes Viertele. Dann öffnete sie den Mund, und ich sah die Goldkrone im Unterkiefer hinten links. Gesa riss den Mund gern weit auf. Aber immer noch sagte sie kein Wort. Endlich warf sie den Kopf in den Nacken und brüllte vor Lachen. Sie hörte überhaupt nicht mehr auf. Keiner von uns lachte mit. Aber Ole, Diegos HiWi an der Theke, grinste ganz offen.

Gegen halb elf bin ich auf der Stadtmauer nach Hause gegangen, die anderen blieben sitzen. Das „Café Ulm“ an der Ecke, neben der Brücke nach Neu-Ulm, war noch ziemlich voll. Es ist bei Touristen sehr beliebt, weil man von dort aus einen schönen Blick auf das Donauufer hat. Bis kurz vor Ulm ist die Donau ja noch ein unbedeutendes Flüsschen. Erst das klare Wasser der Iller gibt ihr die stattliche Breite. Im „Café Ulm“ treffen sich auch öfters die Leute vom Kunstverein „Arte“. Gestern Abend sah ich Ricarda Schill am Panoramafenster sitzen, in einem beigen Jackenkleid, die schwarze Hornbrille auf der Adlernase, das weiße, wellige Haar frisch onduliert. Sie ist schon sechsundsiebzig, aber die Jüngeren tanzen immer noch nach ihrer Pfeife. Ihr gegenüber saß wie üblich Rudolf Hartmann, der kräftige kleine Mann, der nie was anderes anhat als das Pfeffer-und-Salz-Sakko und dazu ein schwarzes Hemd mit Stehkragen. Die Schill redete mit Händen und Füßen auf ihn ein, und er nickte stumm. Ich guckte zur Seite, damit ich die beiden nicht grüßen musste.

Gesa soll kurz nach mir aufgebrochen sein, angeblich allein. Sie wollte zum Donauufer gehen, um den Ort noch ein letztes Mal vor der Ausstellungseröffnung auf sich wirken zu lassen.

Diego und Hannes hat die Kriminalpolizei heute nach ein paar Stunden wieder freigelassen, und Ricarda Schill und Rudolf Hartmann haben sie gar nicht erst dabehalten. Wahrscheinlich haben die beiden sich gegenseitig ihr Alibi verschafft. Dabei hätte Hartmann genau so die Möglichkeit gehabt, Gesa nachzuschleichen. Ich bin sicher, er hat sie am „Café Ulm" vorbeigehen sehen.

Sonst besuche ich nie die Pfingstausstellung des Kunstvereins, aber heute nachmittag wollte ich mir angucken, wie die „Arte"-Leute sich verhalten würden. Sie können Gesa schließlich nicht totschweigen. Kurz vorm Rathaus hörte ich plötzlich ein Martinshorn, und dann raste auch schon die Feuerwehr vorbei, gleich dahinter ein Krankenwagen. An der Ampelkreuzung bogen sie nach links ins „Fischerviertel" ein.

So reizvoll die denkmalgeschützten Fachwerkhäuser an der Blau auch aussehen – Klein-Venedig heißt es im Prospekt, den die Stadt für Touristen bereithält –, die Bebauung ist dort sehr dicht, und die Holzbalken brennen wie Zunder. Ich ließ die Pfingstausstellung sausen und rannte dem Tatütata-Geheul hinterher. Als ich die „Fischergasse“ erreicht hatte, sah ich das Feuer.

Neben dem „Grünen Baum“ hatten sie eine Absperrung gemacht, die zwei Polizisten sicherten. Wie üblich standen eine Menge Gaffer da, viele machten Fotos. Mal was anderes als das Ulmer Münster, der höchste Turm der Christenheit! Eine Frau aus einer japanischen Reisegruppe hielt ihre Videokamera direkt auf die schmalbrüstige „Galerie Danubia“, aus deren Fenster im Obergeschoss Flammen züngelten. Die Feuerwehrmänner hatten schon mit dem Löschen begonnen.

Ich lief die Stufen zum „Grünen Baum“ hoch. Ole, einer von Diegos Servicekräften, stand hinter der Theke. Diego und Hannes hätten sich vollaufen lassen, als sie von der polizeilichen Vernehmung zurück waren, erzählte Ole. Sie hätten viel geredet, aber er hätte nicht mitgekriegt, worüber genau. „Vermutlich die guten alten Zeiten“, sagte er und machte eine Grimasse. Und natürlich über Gesa. Auf einmal seien sie aufgesprungen und rausgerannt. Soviel habe er, Ole, noch mitgekriegt, dass Diego Hannes etwas zeigen wollte, nebenan in der Galerie. Nein, Irrtum ausgeschlossen: Diego wollte Hannes in dessen eigenem Laden etwas zeigen, nicht umgekehrt.

Als ich wieder auf der Straße war, sah ich zwei Männer mit einer Trage im Laufschritt aus der „Galerie Danubia“ herauskommen. Wer darauf lag, konnte ich nicht erkennen. Gleich danach brachten zwei andere noch eine Trage aus dem Haus, diesmal ohne

Eile. Das weiße Laken bedeckte den Körper darunter von oben bis unten.

„Lassen Sie mich durch!“, rief ich und zwängte mich an der Absperrung vorbei. „Ich gehöre zur Familie!“

Diego fing an zu schluchzen, als ich mich über ihn beugte. Ich streichelte seine Wange. „Hannes hat's nicht mehr geschafft“, flüsterte er. „Ein brennender Balken.“

„Und du? Wie geht's dir?“

„Glück gehabt“, sagte der Mann vom Rettungsdienst. „Wahrscheinlich nur der Schock. Sie können ja in die Klinik mitfahren.“

Später, während wir im Krankenhaus auf den Arzt warteten, hat Diego mir die Geschichte erzählt. Er und Hannes waren Gesa gestern abend nachgegangen und hatten sie zur Rede gestellt. Es kam zu einem Handgemenge. „Gesa konnte ganz schön zuschlagen“, sagte Diego, „hast du das gewusst?“

Hannes habe ihr dann einen Stoß an die Schläfe versetzt. „Eigentlich war es Zufall“, sagte Diego. „Genauso gut hätte ich es gewesen sein können.“

Wohl kaum, dachte ich. Gesa war ja fast einen Kopf größer als du. Aber das sagte ich nicht.

„Und genauso gut“, fuhr Diego fort, „hätte ich derjenige sein können, der ins Wasser fiel.“

„Und dann habt ihr sie ertrinken lassen – einfach so?“

„Ehe wir begriffen haben, was los war, hatte die Strömung sie ja schon erfasst.“

„Ihr hättet wenigstens den Rettungsdienst alarmieren können!“

„Begreif doch“, sagte er. „Wir hatten getrunken. Ich jedenfalls war ganz schön zu.“

„Aber ...“

Er fing wieder an zu weinen. „Das verstehst du nicht, dir hat sie ja nichts angetan.“

„Schon vergessen“, sagte ich, „wie sie mich gestern abend komplett demontiert hat?“ Eigentlich trug ich es Gesa nicht mehr nach, irgendwo hatte sie ja recht.

Diego trocknete sich mit dem Handrücken die Tränen. Dann winkte er ab. „Ach, das sind doch Peanuts!“

„Und die Polizei hat euch so einfach laufen lassen?“

„Musste sie ja. Es war doch ein Unfall.“

„Konntet ihr das auch beweisen?“

Diego richtete sich auf und lehnte den Rücken an die Wand. „Wir hatten einen Zeugen“, sagte er langsam. Dabei sah er mich scharf an.

„Einen Zeugen? Gestern Abend?“

Er nickte. „Rudolf Hartmann hat zu unseren Gunsten ausgesagt.“

Ich dachte, in meinem Kopf explodiert gleich eine Bombe. Diego legte mir die Hand auf den Mund. „Schschsch“, machte er. „Keep cool, baby!“

Am Liebsten hätte ich ihn geschlagen. Aber dann hätte er mir die Geschichte ja nicht zu Ende erzählt. „Was wolltet ihr denn vorhin in der Galerie?“, fragte ich.

„Hannes glaubte mir nicht, dass er meine Sachen mal ausgestellt hat. 1980 oder 81 war das, ich habe sogar ein Bild verkauft damals. Ich war sicher, dass er darüber noch was in seinen Unterlagen hatte, so penibel wie er immer alles archivierte.“

Die beiden Männer waren in Hannes' Büro gegangen, ein winziger, dunkler Raum mit schrägen Wänden. Sie hatten einen Ordner nach dem anderen aus dem Regal genommen, der Schreibtisch sei zum Schluss mit Papierstapeln übersät gewesen. „Lass uns runtergehen", hatte Diego vorgeschlagen, als sie die Jahrgänge 80 und 81 entdeckt hatten. „Da ist mehr Licht."

„Und, habt ihr's gefunden?", fragte ich.

Aber soweit waren sie gar nicht gekommen. Auf ungefähr jeder zweiten Seite hielten sie inne und schwärmten sich gegenseitig von den großartigen gemeinsamen Aktionen vor. Darüber war einige Zeit vergangen. Hannes hatte wohl eine Kippe nicht richtig ausgedrückt. Jedenfalls stand auf einmal der Dachstuhl in Flammen.

„Mein Archiv!", schrie Hannes und rannte nach oben. Diego versuchte noch, ihn zurückzuhalten. „Aber das war aussichtslos", sagte er und brach wieder in Tränen aus. Ich wartete.

„Wenn das hier alles vorbei ist", sagte er dann, „bauen wir die ‚Galerie Danubia' wieder auf, was meinst du? Aber diesmal richtig." Diego sah mich triumphierend an. Ich drehte den Kopf weg.

„Die erste Ausstellung kriegt Rudolf Hartmann", sagte er. „Ich finde, wir haben ihn immer unterschätzt. Danach kommen deine Grafiken dran."

Ich werde mir wohl einen neuen Stammtisch suchen. Vielleicht finde ich da auch jemanden, der Lust hat, mit mir am „Berblinger-Projekt" weiterzumachen.